火天使（自序）

長夜臥床，倦累却難以成眠，遙情遙夢向疲憊的瞳孔招喚；那些早已斷線的記憶，潛踞在心靈深處的畫頁，一幅幅地像蝙蝠的魅影般飄來。自深夜一時開始，一聲聲淒念自眼角淌成淚水，到凌晨五時，終於廢然長嘆、披衣起坐，返歸於默，諦聽那不能用耳朵去聽的聲音。

不僅止是愛情，有時用情用到深處，念念不能自己，如今又是機緣湊合，偏敎創作成為我的，情與筆相摩相盪，煞像是一個燃燒的魂靈。那些逝去的殘夢，火樣的青春，一張張在時間去的、像風一般薄的臉孔，就在這樣小小的腦子裏進行折射與綜合，並且焚燒。而且往往這作也像半自動的記錄，天亮、稿成，時間和稿紙上都紀錄一個漫漫黑夜。創造！為人類等待，為黑暗等待那金色的希望；為自己苦悶的成長，等待火天使的誕生。卽使在黑夜裏曾像半狂的幽魅。

以火天使作為書名，倒頗能象詮這段苦澀的心路歷程。雖然有時快樂得近乎癲狷、浪漫得不合理性，部份虛費的光陰，竟像是苦澀有餘而美感不足，但我們更常常唯美得自己以為是天使哩！就在這種期待的過程中，黑夜將盡，黎明欲來，讓我們迎迓鳳凰火一樣的新生。

在青春的歷程中，火不是毀滅的元素，而是轉化的力量。在近乎直覺的善惡之辨中，有缺乏經驗的心靈綜合作用，當把判斷化為力量時，這就是高貴的純真。我們不欲掩去可能的謬誤，但一任心靈的創造活力在活動的空間裏擺盪，生命力強勁的，所接觸的質點胥皆化為智慧的原料。青春的流轉就像火，越昇華越高貴。我們無罪！因為我們純潔；我們有罪，在於純潔得近乎無知。而青春之所以高貴，就是向過去懺情，向未來迎接新生。讓浪漫的熱情，化為生命的火焰吧！讚美那火！一溜的火種，丟擲到黑暗的人間，曄亮了人的眼睛，使人界於半人半神之間。

誰敢宣稱自己是天使呢！跋涉過那段泥濘的路程，我們竟然發現：竟非性善，也非性惡，原性那有善與惡在。我就曾像個高貴的撒旦，因為做了壞事元來自純潔的無知；而也曾像個高貴的先知，任熱情和善良潛運而放射，去感染朋友們時時求知、念念向善。我曾像個邪惡的撒旦，死不認錯、一味護短，任青春的激情強硬到底；我也曾像個邪惡的先知，因為做了好事元來自有意的造作。美與醜並棲、真與假共存、善與惡交響，越能接近心靈的人，越能享有這個心靈的秘密。青春有什麼是禁忌呢！不要用圖騰的魔咒，嚇壞了這批正在成長的心靈，當他們懷著高貴的熱情時，不要懷持權杖，對他們呵斥無知。或許青春心境，沒有利害的駁雜、沒有名利的牽擾，

行政院新聞局登記證局版臺業字第〇一九七號

中華民國七十年八月初版

火天使

基本定價貳元陸角柒分

著作者 趙衞民
發行人 莊剛彰
出版者 東大圖書有限公司
總經銷 三民書局股份有限公司
印刷所 東大圖書有限公司
臺北市重慶南路一段六十一號二樓
郵政劃撥一〇七一七五號

滄海叢刊

火天使

趙衛民著

1981

東大圖書公司印行

這種無限的原始熱情，就趨近於原始的智慧，讓我們對青春懷抱着敬畏吧！用愛心來滋潤，用經驗來為他們接引，這羣渴望著美的靈魂呵！不通過火的歷程，誰能宣稱自己是天使呢！

在火天使的冥想中，由默轉密，當真是難說和不可說，在愚人的耳中，以為我是販賣「青春是百無禁忌」的膏藥，我豈是向愚人說法的呢！用生命的銳氣，真誠地紀錄這段心靈的歷史，創造地決定未來的方向，這是小小的心願。火天使不過象徵著過程和轉變中，一點期待的心情。

感冒兩天，燒仍未退，兼以長夜失眠，咳嗽時，腦殼像欲爆的定時炸彈，真是在火樣的心情底下寫作，還不像是火天使嗎！或許靈魂與火，本該由相同的原子組成，否則不會有那麼多相同的特性；也或許在代表堅毅、勇猛、智慧的那把火熬鍊之下，靈魂可剛冷若鐵，復又淒猛若血。看這泛溢的金波，尊貴的黎明之光，帶來了歡樂的祝福，在夢幻之眼的探看下，青春的天門將為你重啓！

●

收在文中有近五十篇的散文，大致可以看出近七年來的心路歷程。藉著某種意義的創造，經驗裏的明影暗影，已昇華成支持自己的理念，至少面對現實尚能不折腰事權、面對真理尚能不躲閃多讓、面對生命尚能坦承底棲在心靈裏邊的秘密。一個作家，不當諱言情感的履歷中容或犯有的錯誤，要勇於面對生活。同時，也不當將自我影像堆砌成聖潔的魂靈，像納息西斯的自我崇拜和迷戀；「我朝向……」是個創造性的理想，「我自滿……且以為自己是……」却是心靈的墮落。畢竟我們都不夠完美，而寫作的事業，却是無限性的理想。創造超乎一切。

近來常感覺，要說明生之遭遇的各種困惑和掙扎，斷篇的散文創作常缺乏足夠的包容度。雖然多篇的串聯，也能貫穿地表述出情意的一致趣向，但常不能酣溢地訴說全部生命的情境。對於一個作家，無可躲避的，他總立在終極的邊境上，「陰陽割昏曉」這種截然兩方的對比，其實是個概念性的名詞區分，作家定然要包融：生與死的迷惘、合與離的淒念、愛與恨的交織……，這就是創造的煉丹爐，而他更要面對的是：一切價值體系的崩潰，所以他體會到了毀滅。在這樣兩元性的交替及游移中，直至他為生命創造了新秩序，舊價值也就得到了新生的意義，這才是作家的福音哩！於是我將開始用散文創作長篇，企圖包含一些重要的生命情境。

這些散文，我都曾認真的以一個獨立的藝術形式對待，絕不是「詩餘」的渣滓，若有人在文中看出了詩的暗香痕影，也只能說明一種態度的堅持。集內共分五輯，各按創作的年代依篇排列下來。輯一、輯二的大部份篇章和輯四的前面幾篇，都是大學時代的少作，並且文中情境也常以華岡風物為背景；其餘大部份成於軍中，我至今猶懷念老屋獨居的橫溢野趣；至於退伍之后的創作，可以在文中找出相當明顯的痕跡。有廿一篇散文發表於華副，七篇發表於青副，其他也都散散落落地發表於報刊雜誌上，除了兩篇長文曾獲得文藝獎外，另十篇左右的散文晉入選集，最可愛的是大一時寫的「秋興」一篇，竟然收入了中華日報社的「花雨散文選」、大漢出版社的「四季散文選」及長安出版社的「人生、家國、鄉愁」三書，雖然也曾毀棄不少作品，但在訝異之外，更讓自己戰戰兢兢，心情相當微妙。

短篇的藝術經營，寫起來經常很吃力，成一本書，真像螞蟻搬餅乾屑似的，一點一滴地累積下來。恐怕讀起來也會很吃力吧！面對不斷的變換描寫方式及技巧上的實驗。六年半的創作，把青春熬成這麼一本薄薄的散文集，希望或多或少能為讀者提供精神上的養料。若果有人漫翻了幾分鐘就稀鬆的說：「這本書空無一物」，那麼他不是騙子，我就是白痴。而這種妄自尊大的傲慢，也讓它在我自嘲的微笑裏贏得勝利的榮耀吧！

沒收進文集內的散文，還有詩集「望海潮」的序和跋，但我現在既已頗厭於日常生活的各種「重複」動作和方式，所帶來的可怕僵化，就為極少數的可能讀者免去這層困擾吧！在現代多變的生活裏，早已不該有「我來，我見，我征服」的英雄心境，但盼能夠有「我智慧，我創造，我悲壯的活過」的墓誌銘，也算生之圓滿了。這本書若不夠成熟，就讓它成為重要的開始！

民國七十年七月十日

火天使 目次

輯二

輯三

輯一

青春的躍動，
是火的歌聲。

插畫：陳栩椿

燈愁四韻

懨懨五陵愁

蒼穹扯下一面黑漆漆的旗幟掩暗了天色，人聲鼎沸的西門町就爍起千支萬支麒麟的眼睛。五光十色的霓虹燈閃閃爍爍交織起街上的月色，幻化飛射成朶朶金色銀色紅色綠色的飛花。千萬支蛇瞳睜開青光紅光迸射著，搖晃著戲院建築的斜影。萬條光的彩絲向四周的夜色迎去，拉縴似地拉起，織成一紫水晶色的蛛網，而無數隻妖光的魔手攫食著人的意識和神智，一種無形的旖旎氣氛在萬頭攢動的街頭擴散蔓延著，使遊子在這嚴重的感染著異國情調的地方，心神格外的恍恍惚惚。

他默默的佇立街頭，總愛藉夜色來痲醉自己寂寥的情緒。惘然的直盯著霓虹燈，那目光略嫌呆滯的跌在停板。那邊裸裎的美女睡臥在戲院高懸的廣告架上，整夜賣弄她的胴體。空中散發異國的香水味，粗俚的俗語在空中飄盪，高跟鞋沿街叫賣著踢躂聲，耳環披風而展，假髮氾濫使得愛揚起髮絲的夜風嘆息。拍賣的橱窗裏，百物雜陳琳琅滿目，那裏還會有個少年去圖書館翻閱塵封的經籍，吐落一聲幽遠的嘆息。踩膩了的柏油馬路映下一大片黑幢幢人羣的投影，禿頂的闊少時髦的少婦冶笑的女郎嬉皮的少年，形形色色的臉譜永不疲倦的追逐在同一個夢裏，物慾焚煮著人們永不饜足的貪心。夜色如水，人潮如織，織一個虛榮的魔繭去束縛自己，去蠅營狗苟人生。西門町整夜哭喪著臉；純喫茶、夜總會、純喫茶、人聲、車聲、人聲。聲音擴大著，雷般刮痛他的耳膜。然後覺得什麼要迸裂一般。轟、轟、轟、轟……

他有悲哀匿於心的谿壑裏，眉結裏有難解的陰翳。若在家中，看不見擾攘紅塵，聽不見喧囂車聲，感觸就不致那麼良深。一種惱人的潰蝕正在腦中糟糕的蔓延著，引起他不可收拾的思鄉症。人羣沈甸甸的黑影無法壓死一條毛毛蟲那樣容易的壓死他的憂鬱，偶爾來到街上，可以疏遣一下久積胸中的鬱悶，也可以喚醒他對故鄉的孺慕之情。故鄉用何來舐他這隻失落在茫茫人海裏的小犢，任是野風猛吹也難舐落心頭的塵埃重重。那種塵埃正是一種風雨才熟稔的他對國家民族的感情。黑夜的畚箕駝著他的沉重抑悶，似乎難以負荷的落滿天的憂傷而加深了淒淒的天色。露重了，天涼了，那正是他心頭的感覺，而五陵少年竟也有秋風颯颯式的憂愁。

這夜色和人聲都使得他愁上加愁……

天涯遊子意

他抽身退出了一場萬人參與的牌局，心裏感覺十分平靜。沿街踢出一條映在柏油路上的瘦影黑色且孤獨，他踽踽的走著，足聲數說他的記憶；使他想起童年時期，父母敍說一些故鄉的風土人情來。現在他只能在朦朧曖昧的街燈和月色中去和回憶同訴鄉心。家鄉目前却回不去，在他的感覺裏對於故鄉他是睽違多年的遊子，時時有聲音在夢裏遙喊他喊他回去睡覺。

沿著中興大橋走去。一條條鐵柱上鑲嵌著一顆顆晶亮的白玉珠列起雙排憶鄉的長廊，且迤迤邐邐一直下去到橋的盡頭。這夜明珠在冷冷而淡的月夜裏亮起遊子盞盞思鄉的情緒。中間的甬道在夜深人靜時是屬於遊子的。一雙雙龍睛耀得水泥汀說白不白說暗不暗，使遊子心中的景象永不致空明。他低著頭慢慢走著，讓白琉璃光爲他低歌，讓習習晚風幫他回憶。只是生在小島，沒吮吸過江南的奶受過塞北風沙的洗禮，過份的閒暇安逸，使他恒是懶得去想浪濤是如何一躍成千古，長城是如何騰躍成歷史的。此刻的暝烟四起却漫天落滿他的蕭條落寞，街燈如月却照起他的鄉思映在冷冷的河上。燈光搖晃地浮在水上，蕩漾的波光話起故鄉，星樣的燈光撫起他的寒意。

佇立在燈旁，讓燈色爲他佈施一些落寞。縱是落寞也是慈悲的，這樣他的思潮就會引他歸鄉而不致在夢中引渡。一絲淒涼的故鄉千里意倚著蕭蕭秋風，伴著孤獨的他在橋上，冷冷的月下冷冷的河上。他想，落些雨多好。燈光在風裏搖晃著夜色，意境就更為深遠了。淡淡的雨絲拂亂他的思維徒增江色一些空濛，而他將在此默然喟然。接著最好是大雨滂沱不止的落下，寒意就自無遮的手臂昇起，簇擁著上下包圍著。仍然不要回去。夢影遙遙隔著燈火疏疏窺著，將發現有很多淒淒之情譜在臉上。漫天雨水壓著冷意上下浸著，等渾身都已濕透涼透，再光溜溜地回去床上孵一絲蕩漾唇邊的快慰，而冥想一句如謎的燈語，究竟意味著什麼。

雨不停地落著，也落著他對故鄉渴望已久的孺慕之情……

燈下獨夜人

桌前也會有燈，常常一夜地亮著。而寂寞的人啊他是一個有慣性的夜遊神，在寂寥的深夜裏用墨水訴說一股少年老成的悵惘。無法扔出一隻蟑螂似的扔出燈色的憂鬱，只好讓額頭映亮一夜的失眠。那人手中耍弄著筆掄轉著年輕的憂鬱，也把年輪自少年青年掄轉下去。燈中，有個憂時的少年用筆描摩他的抱負，然後誰卻又將在燈中老去，那時乾皺的龜裂症蛇行於額頭，三級肺病的咳嗽常傳染案頭的書籍，那時視茫茫髮蒼蒼齒牙動搖，但引吭高歌猶似當年，而滿腦窖藏的仍是一點少年對國家民族眞摯的情感。接踵而來生命呼嘯而去死亡，只有時間老去，霜白的鬢髮老去，而燈光不老志不老思鄉的情意不老，且猶比當年。

那兩年，少年讀書爲參加大學聯考。多日嚴嚴春寒料峭夏日炎炎，逐字逼句默讀黑鉛字如頌聖經般莊嚴。燈火傾斜著三更的夜半，額際吻著了案頭攤開的書籍，沉重的黑睫闔妥了兩盞靈魂的小燈，他的夢囿藏在一堆堆沉重的鉛字裏，理想被書本過重的負荷壓得窒息。睡夢展開一如桌上攤開的河山，他的夢語呢喃著……喏，這就是祁連山這就是山海關啊，家鄉就在這裏，夢中尚有一團異鄉的悵惘蹙結在眉宇上。聯考後，一個蓄髮的少年又在燈前讀他喜歡的書了，而讓思想的浪潮捲他入故鄉的月色，懷古的羽翼飛入唐宋的霧色長安的小巷，燈中，年少的關羽手持的不是春秋而是一把錢塘怒潮，潮起潮落一夜隆隆聽書細訴故鄉曲，燈光推他入一夜的迷惘。迷惘中睡去，而在晨曦中清醒，盥洗、早點、趕公車，搭直達華岡的光華大南，車子一路呼嘯著跨過岔地迂折爬上陽明山。山上有落雨滋潤著，車窗如一幅印象派構圖，而恍若故鄉一幅潑墨山水的形象。雨聲在窗外如歌行板數說一些將老未老的記憶，語聲喳喳嘰嘰，總使他想起大撤退時逃亡的人潮；車聲、雨聲、語聲，交織著他日復一日年復一年的沮喪。

現在，他又在燈光中。一隻淡黃的獨目狻猊蹲踞在案頭，凜凜地吐出略帶黃色的敵意。少年英雄用支筆一夜又一夜和他挑戰，憂時和懷鄉的內傷，使他在搏鬪時咯血不止，咯一張藍色的血液密密麻麻。故鄉老宅有一道朱漆色的大門。而今，誰再能去叩響狻猊啣著的金環，誰再能去拉開朱門歡饗來客；誰再去逡巡在芳草深掩的幽徑，誰再去井湄在井鏡上讀一句梧桐葉落。

燈前，他天天夜夜聽燈光吐一聲深邃幽遠的嘆息……

生死兩茫茫

此時是冬季，山上的氣溫低於攝氏十度。一件黑皮夾克難以抵擋隆冬的寒意，況且尚有漫天的霜風冷雨壓下來。雨以千手撫摸他心中難以燙平的皺紋，冷冷然，冷冷然。一陣濛濛烟雨橫掃而過，衆首爲之披靡。風燃燒亢揚的雙眉，雨翦痛一張陌生的臉，一張八年的熟稔的回憶。涼意自髮叢間滲落，也滴落那件時間難以封埋的往事。

八年前，榮總一間白色的病房裏，幾架手術燈的顫射下，意味著一條生命的早逝，那是他的二姊。花開，蒂落，生命的意義不過如此。但十七歲，十七歲正是白馬奔騰的年齡，那一條年輕的生命却不再返了。手術燈，撒旦的凶眸，看守地獄之門的火龍獨睛。凜凜地透射出能粉碎生命的敵意來，那燈光似鬼魅一般地照著。蒼白的病房，蒼白的床上人，連十七歲的日子也是蒼白而憂鬱的。就在一個落著凜冽多雨的清晨，也是應該出院的那天，一陣輕微的感冒竟導致心臟病復發，要去了二姊孱弱的生命。燈光，哦！那燈光，似一種透明的黏液向我膠來，漸漸地，竟呈轉著紅光紅光紅光。血光、血光。光迂折著，病房病床似無數個光之稜面在旋轉著。然後加速旋轉著，以不可逆料的速度。嘩啦嘩啦鼓動著雙耳的薄膜。突然間，一切靜止下來，止於醫生一聲輕輕地歎息，母親呼天搶地的慟哭。一條生命在家中數個層面的意義都幻滅了。茶几上的花在燈光下，在那夜豹的亮眸目不轉睛的窺伺下，顫抖著。似受不了晨風的蕭瑟。光下似有珠結如粒，晶晶地如耳墜子般地垂在枝上凝在花瓣上。他也分不清那是什麼。

去年清明。馳著一天青色的黎明，載著一早淒涼的寒意，一輛車子夾在萬輛車之中龜行入山，然後，旭日探出臉俯看衆車朝拜仰蓮成山的觀音。一場盛會正開始。天氣一化爲晴晴朗朗，羣草在撫慰中低頭偃仰，郊野的亂草雜遝著參參差差嵯峨而立的墳塚。憑著記憶，很快地找到那座墓，碑上仍刻著「亡女嫣明之墓」。父親愀然，母親在低泣；他只敢暗噙著盈眶的淚水。他奮手拔去塚上滋長的野草撲落碑上墳上的紅土，虔誠地上了炷香，烟繚繞而升起。紅紅的炷頭上有一環白翳似的煙灰，隨時在風中飄逝。而他，却想煙灰中找尋一點屬於二姊的記憶。太陽熱烘烘地照著，墓頭上供著一袋鮮橘，周圍鬧哄哄地聚來一批貪吃的小孩。他仍是直盯著二姊的墳。有一對也來掃墓的中年的夫婦，在路邊停了下來，歎息著：「眞可惜！那麼早就死了。」他仍是直盯著二姊的墳。他不知可惜是什麼滋味，反倒激起他的泫然之情。天空抹著一朵白雲，這白雲就馱著他的痛楚向遠天緩緩且遲鈍地划去……。掃墓已畢，一家人行回車旁，那羣孩子轟然如潮水般湧去，百手指向一個焦點，搶到橘子的小孩得意的大笑著。這時他惡狠狠的回頭怨毒瞅他們一眼。

一天天一夜夜，日子像歎息聲一樣的緩慢而沉重。六年後的冬天，支頤在窗前思念的眼神是一樣的，想起墳前的野草漫不經心的長著，碑面墓上的墳土該已積寸，今年還沒去清理過。他曾在心裏爲二姊塑碑，任時間的巨漩沖積也不變色，任歲月荒老也不頹圮。但是眼前的光景眞難挨過，還是去擁抱岡上的曉風冷雨吧！

紅塵夢覺

走在岡上的斜風裏，經常令人感到些微寒意，遠天的星火顫巍巍地落在他疲乏的脚步聲裏，像微微的江濤翻過來的竹影，嘩啦啦的驚起一片愁意。從瘦瘦的小徑走下羣蛙陣鳴的山岡，回眺座落在遠處映起華光的山城，眼瞳掠過一陣寂寥。幸好這是在夜裏，若在暮晚，夕陽斜映着山頭，遠眺過去，在山坳裏矗起一座古城閃現着蒼涼的晚意，令人疑眞似幻，却不禁興起「西風殘照、漢家陵闕」的悲歎。現在尙是髮直鬚青，常有挺干戈以衞社稷的衝動，等到勁雪嚴霜落在眉頭，只怕髮衰鬢白而弱手再也握不滿筆了，那時滿眼只是死神的幻影，又哪會想到故土的城闕呢?!

在小島生長的少年，眼睫閃出的是武昌城頭的血光砲影；再遠一些是鄭成功排海東來的帆影，岳武穆仰天長歎的昂藏身影；眼睫再一閃則是唐時明月落在漢時的關上，怒龍在遠遠搖起的旗影翻騰出滾滾的殺氣。古歌並不遠，時時在他風塵的唇邊長吟低唱，這個落拓不羈的少年，在風雨天涯的江湖歲月裏，行吟的歌聲莫不流露出一種對民族的感情。

當他細細傾聽父母敍述着家鄉舊事，神思冥想就悠然出岫。有時凝視着書本，懷鄉之情早領他回到鳥影花聲的故鄉，立在一個悠悠的雕花長廊下，聆聽着髫齡稚童琅琅的讀書聲，應和着附近佛寺早課的鐘聲，然後他凝視着那個拂着白鬍的授課先生，似乎在悠悠年歲裏立在講壇的姿勢已成一個古老美麗的象徵，時常蹀躞在他的夢境裏。而今的夢境，是他所能把握住的唯一眞實；當夢迴時，芳草不綠青鳥不啼，只有淅瀝的雨聲蕭瑟的風聲拂打着簷板。

在山上做個逍遙的遊子，還不致令人感覺到現實的苦悶。每當他一下山，觸目是平地拔起的高樓，異族的服飾在喧囂的街道招搖，車聲穿錯如蛛網糾結，這些都是他數不落的夢境裏所感到陌生的，那怕是一曲簫聲也足以能引起他欲泫的情緒，如今却惘然地佇在街頭，眼前橫着茫茫的塵煙，却再也望不見城樓。夢裏的那匹馬兒呢！怒鼻噴出白茫茫的蒸氣，飛鬃揚起在滾着寒霜的塞外，有晶瑩的珠粒凝結在白得發亮的毛色上，在歌聲都會凍結的國度裏，他撫摸着馬頸，醉在瘦馬的眼眸裏。但是如今城也不見馬也不見，祇有車聲在大厦前穿雜疾馳而過。繁華的街燈在人海裏晶瑩的閃爍，也閃爍着一個少年青青的淚影。霓虹燈在街角亮起，又豈是那個少年永不塵封的夢境裏所映現的上元燈節呢？或許，上元燈節仍在夢境裏，只是回首時，再也不會驀見一個持燈的少年，默默地佇在燈火闌珊之處，回首只是望不盡的人影和難以數盡的寂寞。

舉眸望向明日，明日又將是一個遙不可知的夢景，夜縱然深了，但夕陽將在東邊升起。前方有個賃居的宿舍，有一盞未亮起的燈和一枝不寂寞的筆，還有一條淒傷的歌，等他繫馬在夢境裏等他去數江南的飛花塞北的草凋，數一個英雄的寂寞巍峨在古樓的鐘聲裏。夜雨縱起，也拂不落一個少年的夢，風中雨中，那個少年彷彿在蘆草前彈鋏長歌天涯明月的英雄淚，那匹白馬彷彿長立嘶鳴着浪跡天涯的悲哀。這條小路終會走盡，走到他的居所，但在居所的桌上，有一條寂寞遙遠的夢之旅躺在紙上等他，等他用淚來描述一個零落的夢境。

五陵夢魂

有一種寂寞，常在酣睡裏吶喊，千姿百態地在夢魂裏散鬚亂髮的狂呼，究竟那一年才能走盡一條淒冷而美的歷史甬道。每天在燈下，總有一個凝眉端坐的嶙峋身影，在案頭讓孤燈爍亮起詩思。而究竟是那一年，這顆掙扎的靈魂才能在歷史的風雲裏留作見證。

一顆顆飛動的瘦字，化爲對生命的探索和渴望，每每在蕭蕭的枯夜，就是一條心路漫漫的歷程。在夜晚時，窗外蛙聲迢遞，在夜風中閃爍著星眸，彷彿是守夜人心頭那盞迢遙的燈火相互感應。因此他知道，定有雜遝的足聲，交錯在冷夜的長廊裏響起，向初日挺進，向晨風索取讚美的鳥聲。每每文章剛就，疲累的形骸就倒在微曦中沉睡，讓初萌的旭光爲他帶上榮耀的冠冕，彷彿一個戰士恬足地死在槍旁，而他的名字究竟比夜色還長。

有一雙流浪的腿，踢踏在荒渺的世紀，邁入一個永不停止迴旋的旅途。一個疲憊的旅客，行筆至廿世紀的窮途，荒蕪的眼眸裏泛出寂寥的瞳采。但那些心靈晶瑩的幻影，在時間之海無窮的浩渺裏，向他召喚，他的立點卽是座標。他慣於聆聽心海的波濤，以孤懷走向征途，縱然一個短短的脚步，也可以感到這脚步的沉重。希望的脚步能不能投影在歷史的長廊裏？每天從賃居的地方走到學校，上課下課，雙脚旋成永不歇息的陀螺，晚上拖着沉沉的天色囘去，有一個更爲漫長的天涯躺在桌上，稿紙上蒼白的荒年經他情感的露水一澆，就成一座小小而美的花圃，直到他疲累的趴著，睡醒一個詩人永遠的夢懷。夢中他獨佇高岡，憑眺處滿眼蒼茫，激昂的歌聲泣成一響古國的悲鐘，右手就擂成一個乾坤。然後他的筆斜持成劍，青銅顫鳴著堂堂大漢天威，他在岡上的煙雨中，似也立成一座凜不可侮的戰神。然後，就等曙色將他推醒，然後，一條小路臥在岡上，遙遙直通「故國城闕」。

一步步踏得多辛酸，比淚沉重；一字字卓絕的煎熬用心血凝鑄。風雷雲雨的交響樂在字句裏鏗鏘響起，沉淪的莽莽河山在紙頭隱隱浮現。而白日的那條小徑，早已臥成一條象徵的長城。那在他淚光裏彷彿映現的雄姿，像一條青龍蟠蟠蜿蜿地雄峙著。那一條長龍至今還呆滯在那裏匍伏蠕動，任腥風血雨噴灑得瓦石皆赤。塞北的風沙落濕城垣慟哭一則漫漫長長的悲憶，塞內瀟瀟的梧桐雨落滑街道訴說多少幽怨，長龍啊！你實該劃空直起，不該醉臥在那兒用沉醉換取歲月的悲涼，任共匪的毛手，摸髒了山海關古老的城門。

夜雨江湖，最易使人想起幾十年來的祖國滄桑；岡風如霜，更令人幾疑身在古國。何況在這條小路的盡端，遙見龍樓鳳闕正聳峙在山間，恍如在夜雨中又臨京華。悠然見山城。而一條征路等他在夢裏神遊，一張張稿紙臥在桌上等他以悲懷來征服。對一個憂國憂世的書生來說，這些都是迢遙夢魂的羈所。

風雨豪士賦

在激情的年代，走下鷹風鵬雨的山岡，左眼是激昂的歌聲，右眼是傲岸的長笑。我們的眉峯落滿民族五千年的悲風怒雨，我們且吟且歌。

挺起熱情的筆尖，蘸滿民族的血淚，把千秋化為滿紙吶喊的濤聲。你揮手笑了。江湖的霜風霧雨，染成早霜的鬢髮，却釀成一壺斑白的歲月，映在欲醉的瞳眸裏。在你多風多雨的臉頰，率爾的一聲吟嘯，就迴響如沉雷，落成不朽的征塵。一抖手，就是滿天星斗錯落在躍馬的夢境裏。歌者啊！你歷史的容顏如炬，該仰向何處。

昨夜的風，不過是一陣櫻花雨，滿地花香都踏上歷史的脚印。這時有一行雁聲，低低掠過，且驚飛滿城嫣麗。而你英姿的笑容淺淺，正臨風立在偉岸的山岡。頂着崢嶸的落日，邁開千年的脚步，向過去橫戈，向未來擊楫，你風雨的歌聲剪貼在閃亮的額際。

以你熱情的青眸掃瞄，你的英雄筆是加農炮，漫天風雨都在你狂飈的射程之內。將軍刀啊！揮向天涯風雨，風雨天涯將是你不朽的吟嘯。

風雨的山岡上，正有一行人擎着火把魚貫而行，焚着他們的寂寞，他們的寂寞就將他們投影前方，而他們的影子也閃爍在風雨裏。

是誰擊桌而歌，驚醒一堂的英雄豪士，滿座衣冠似雪。你的怒眉掀向何處，就落滿地沉沉的鐘聲。你龍嘯的吟聲，可曾迴盪在歷史的長廊裏？猶有古鐘，被你青青的摹想敲響在每一個風雨的夢境裏。滿桌豪士盡歡顏，他們擊掌而歌，擊着古道熱腸，斜陽在英雄們的臉上，烙滿酡紅的酒印。笑談江湖，激起多少美麗的雲煙，在好憑欄的濃睫下，留下一道絢爛的彩霞。

在你的青瞳中，埋下一本凜凜的史册，空寂的墓中棺裏，仍有一聲長嚎，從遙遠的光年傳來，在幽幽的山谷裏泛起迴響。古之歌者，你的青衫，翩翩舞在明月夜的高岡上，自每一個星辰，爍亮你不朽的容顏，你肉體的生命雖自下弦月滑落，你精神的生命却隨朝曦升起。

你的青塚，是歷史的出發。

悲情賦

從前，這裏是一個小鎮，東邊是一片廣漠的田野，雜種著各式的蔬菜，西北面是一條彎彎長長的深水溝，剪斷了攘攘紅塵的入侵。在落日餘暉下，羞色淡抹的小鎮往往獨自保持了一分所喜愛的寧靜。

夜深了，這小鎮安靜有如墓園，只除了偶爾傳來的幾聲狗吠。蒼蒼鬱鬱的晚天隔著閣樓的小窗看他，而他覺得自己不過是偶爾闖進這墳地的幽靈，終究要響應誰的召喚而離去。像某些爬蟲類日伏夜行，他是黑夜的訪客，辛酸地爬一些密密麻麻的藍字，而在寂寥的深夜伴着他是烟灰缸裏一堆白森森的骸骨；案頭的書籍够他汽化一整包的尼古丁，焚化於缸上一枝又一枝蒼白的木乃伊，在灰烟中冒的是廿年的回憶在幽情渺渺中復活。而他覺得自己又是小鎮的守夜人，瞭望沉寂的大地而期待廿四小時一輪迴的甦醒。

這是他熟悉的夜裏，童年的記憶如流水一般潺潺緩緩流過他的心頭，只是童年時代不像現在常喜數落天上的星子，却擁有一雙黑且深邃而崇拜英雄的眼神。雨天時，支頤在小窗邊，淅淅瀝瀝的落雨敲擊著屋簷，滴滴答答的簷滴總使他想起威京一則古老的神話；凡是死去英雄之屍體必置於戰船上，在星疏風靜的夜裏在海上擧行火葬而後英雄之魂魄方得與戰神同在。灼灼的火焰爍亮了晚天，海浪怒拍着船舷，多麽悲壯，多麽英烈，在幼小而易激動的心靈裏，這種神話的嚮往，都化爲一種對剿匪抗戰時英雄傳奇的膜拜。廿年前他在小島南端出生：廿年後，一個長成的江南少年，黯黯的眉際仍滾著父親剿匪時代的烽火。海的那邊曾是他的家園，迭經戰火洗掠而今已成鬼域的家園，北平附近山海關氣勢磅礴雄偉，巍巍然天下第一大關，母親的故鄉；而江南的飛花如雨江柳如煙，也未嘗不是午夜夢迴的故園。在他數不清的夢囈裏在他年青裏流出的喃喃，是在山海關上讀長城的蜿蜒曲折，而不是在山海經裏讀歷史的山川形勝，目前的安定繁華，却使他感覺像落在塵網裏一隻飛蛾奮掙也掙不開。時光只解催人老。廿年後，誰再去看京華故土，再去看屬於誰的一髮青山。

自窗鏡裏，他見到的是一雙佈滿血絲且失神的雙瞳，和額際青筋暴起的憤怒臉容。今天，他踽踽的回到這小鎭，依然是潺潺流水蕭蕭的風，却再見不到昔日的小鎭，他在桌前讀逝去在黑夜裏的童年，窗外的街道却再也不屬於他記憶中的了。良田數頃化爲華屋百棟，柏油遮掩住沃土，再也看不到秋蝶舞風，童年飄渺的夢早已遠颺，一隻放在遠天的紙鳶隨時有被電線扼頸的憂鬱，而他一個雲遊四方的行脚僧人也有難踵廟門之歎。英雄英雄，落塵迷濛他雙眼，汚氣堵塞他鼻腔，他不善泅也泅不過無邊無際無終無止的喧囂紅塵。英雄英雄，在白濛濛香煙的霧中，徒讓鼻腔過濾一夜的失眠，徒憒憒地抖落一些塵封的回憶，不知化爲鵰抑化爲鵬在無覺的夢中翺翔浩志烈節，那麽還是回到岡上，擁抱那一季早來的霜風霧雨吧！

落日樓頭

四個風雨的年頭，在拈花間，已是在黃昏的樓頭，追懷昔日少年的薄薄青衫。黯眉之際，拈花不復知微笑，也不知該在落日樓頭佯狂或是在風迴古城時故作沉醉。風起時，煙雨依舊把近山的綠岡拂成陣陣白頭。而山想已非前山，卽連此刻雖然依舊青衫，却已非當時登高傲吟的心境，每每在月夜裏展卷細讀，却是一頁頁的風風雨雨，令我輕撫沉吟，悲不能已，那些怒拍狂歌之作，此時只是徒增幾分傷感化成滿腔悲淚。

青春的歌聲不會在年代裏退潮，筆落時就是滿紙雲煙，風風雨雨山山鳥鳥如潮起潮落在眼底翻現。那個好憑欄的少年在夕陽下的瘦影，久立成深深的足印，也流成一些低迴的寵句。意氣相傾時，就擊掌而歌，唱成山谷裏的迴聲吧！有千古的篝火在你的眸裏流動，也在我的，我們豈是僅佩劍簪纓的少年呢！你舉盃豪語，我側耳傾聽，時間以外有隆隆的浪潮；霜煙裏，似見你我立在最高的潮頭，話起唐朝就在月色裏隱約不見。少年時的俠情豪語，在意興遄飛之際，也不免眉飛色舞，其實內裏的蕭條落寞，除了春秋以外，更與何人說得，只有滿眶的潮雨急急，空對千里的暮雲。當時年少春衫薄。

怎樣在風雨裏走來，就怎樣在黃昏時默默離去吧！自認不曾强說過愁，今夕又怎堪哀呢！年少的激情，是否會苔綠痕深，抑是僅在時間的年輪裏，如此地輾一層神傷。還是在來年的江湖，以傲笑驚落一場風雨吧！

風雨遙情

那年，正趕着霜風霧雨的時節，踽踽地頂把舊傘，由山仔后邁上陌生的山岡。猶記得，那雙青青的眸子裏，閃耀着熱情和渴望。數座飛樓，對於他曾是中國的象徵。幾番風雨，也串滴成散文裏晶瑩的意象。一個眉峯常淹滿百年來家國風雨的青青年少，對創作那股執著的激情，呼嘯過多少春秋。

長夜漫漫，常在筆底下滴滴流過。桌燈時常就這般孤獨的亮了一夜。然後才有鳥鳴，在晨曦裏醒來。而後，一個少年，在逐漸熙攘的市聲裏，悠悠睡醒。才匆匆地趕著盥洗、收拾，飛奔下樓搭車。然後到臺北車站換學生專車。往往在車上，極度的困頓伴著恍恍惚惚的思緒，尤其是上坡的顚顚晃晃，就令他扶著車把開始拜天拜地，一路拜著觀世音菩薩起來。到了教室，或許就繼續沉入無聲的酣睡，直到被鈴聲搖醒。留著一頭直直的怒髮的阿亮，總會翻動著大眼睛，朝他揚了揚手。有時，兩人傍着樓臺的雕欄而坐，就對著大屯山的雲色開始神遊起來。語涉非經，常旋入忘情的長笑。話重情深，煙霧裏就墜入無言的沉默。有時高論玄機，往往兩眼閃亮著透脫的妙悟，那時好禪，實不知禪。

曾對教國文的教授，滿懷嚮往。遙見他靜坐的姿態，恍若如來的法身應現，頓覺佛光盈室，想來，猶是年少激情的幻想。後來，偶聞學長談起曾經有位巴教授。他輒是一襲長袍馬褂，從來不帶講義。授課時，只是搖晃著一把花鳥的摺扇。鳥語花香中，一幅文學源流的潑墨山水，就不經意的噴薄而出。背詩頌詞，徵引如神。據說一次，吟至陶潛的「行到水窮處，坐看雲起時」。當下析詞抉意，使學生茫然不知水何處窮，雲何時起，紙扇不停地就搖了三個鐘點。一條長江的長度。後來，那位常在「一門忠烈室」寫稿的邢主任也不甘示弱。濃濃的鄉音咕咕噥噥地應和著對山吱吱咕咕的鳥聲，兩個鐘頭的課程授完却渾然「忘了」下課。大江東去的氣概。對於他來說，他們悠揚地立在講臺上的神情，已蹀躞成夢境裏古老美麗的象徵，眸影裏揮拂不去的古國意象。那時，總憧憬自己也將是個倜儻不羣的教授。寒假時，凝神點讀熊十力先生的「原儒」，荒夜裏泛起陣陣溫馨，才確定自己的精神趨向。尤其看到「余誠弗忍負所學以獲罪於先聖」被他的率性眞摯，苦心孤旨於聖學的至誠，深深感動。從此寫散文，常不自禁地流露家國的悲情。

那時對於創作，狂熱到無法遏止的地步。尤其是詩，自高二王憲陽先生教導以來，就持續著寫，幾乎寫滿一本小小的詩冊。現在想來，當然也悔其少作。即連得過佳作獎的一首詩，大概幾乎都遺失在華岡的晨風暮雨裏了。又參加詩社的朗頌隊獨頌，一身風雨的征塵。現在撫視前塵，那些相片裏，或引吭而高鳴，或偃首而悲咽，或閉目而沉吟，總是歲月裏的點滴回聲。然而也只有在記憶中，於羣山間，無盡地激起迴響。

此時沉入緬想，迎新會上羞澀的微笑，猶盪漾在純情的臉上。昔日的那些遊伴呢？那四季裏，稚嫩的大笑在多少如夢的夜晚盪出迴聲。在多少飄著青春迷霧的課堂裏，激起忘情的漣漪。那年的雨季，特別漫長，長得有如四年的回憶。而那些曾掛着輕顰淺笑的熟悉臉譜，已映在異地風霜的夜晚裏了。

城樓的回憶

當兵前寂寥的日子裏，每每想起岡上的深樓重閣。

每次坐學生專車，山路裏迂折而上，總遙見羣山裏立起一座宮城，巍峨起古國的遐思。那耀著碎金的簷瓦，彷彿是飛騰翻動的龍鱗。那高啄起流雲的簷牙，更常激起他飄渺的無端思緒。車子拐了一彎又一彎，流動的葉影參差高低著遠處的城影，逐漸在流眸裏近了。

這座城，被士林的十丈軟紅高高擎起，總覺得它有一分出塵的逸氣。尤其當岡風的霜冷逐漸浸來，就彷彿自己已是曠代高士，再也不作塵想。近城，更是情怯，似乎車子一長驅而入，就駛入唐時的城樓，飛簷流宇，總閃耀著神話般的奧幻。滑著風雲，也滑著海拔五百公尺標高的鳥聲，那陽光映射下的琉璃瓦，彷彿帶有夢樣的薄烟。城樓深深，摺疊着多少清夢。

詩選的教室，歷史意象的出發點，有時感受著劉夢得的蒼鬱悲涼，就驀地將時空移轉。恍惚間，置身於空盪盪的石頭城裏。耳際淹入風天雷地的驚潮，擂響詩人萬古的寂寞。眼前的山城，也是山圍的姿態。淮水却飄零在海的那邊。時代蒼茫的感覺，就像一陣陣的潮水，將思緒推入無可奈何的渦流裏。有時就喜這樣枕著歷史的聯想，神遊古國，把自己放入無邊無際的潮水裏，在迴旋動盪的氣氛中，感受無可奈何的曠古寂寞。野潮打來，彷彿就是歷史無情的風暴。當人事灰飛烟滅以後，能憑弔的也只有潮聲了。而潮聲懂得什麽，它只會推來一陣陣的悵惘，既不給你希望，也不令你絕望。或許歷史的往事如塵，但那種陣痛的悲哀，往往就成爲生命的動力。這個多難的時代裏，凋零的豈會是年輕的銳氣呢。對歷史的無奈，往往將强化成激情。每每下課後，耳邊還迴起祝教授蒼茫的語音。

那位趙教授，率爾的智者之語，也常給他無與倫比的震撼，一鼓作氣的微凸肚子，裝著太多的墨水和感慨。濃濃的土音，令人感覺是自喉嚨裏擠出就開始漏風的。但自他揮汗如雨的費力形象裏，使他清楚的知道，這教授有一些打自內心的智慧語，想要傳授給他，像莊稼漢般的純樸，却有大學者的通識與通慧，對學問的那股自持與傲獨，總不改湖南騾子的脾氣。那種當頭棒喝、直指鼻心的罵人法，始見他原始剛義的眞性情。有時帶著智慧的無奈微笑，懷著對家國時代的悲哀，也不免惹人淒涼的沉思。趙教授對世事深沉的感慨，常會無情的撞擊他敏銳的心靈，那時，總會旋入時代的哀思，想起百年的風雨而不勝悲愁。

還記得那年，最喜在藝術館旁的石欄前憑弔，在空曠的視野裏，任風雲馳騁詩思。那在羣山間仰天問禪的觀音，彷彿在聆聽著淡水河多情的流聲。時常也會有一陣燕聲，高低遠近蒼茫的斜掠而過，打斷他多愁的思緒，周圍的人事像流水般淘洗更替，而感慨總無法淘洗得盡。多情的人常帶著滿面時代的風沙，知情的人該不會妄作輕語吧！回想那時，對人世眼冷情熱，表面有時深嘲熱諷，內裏那種無可適意的蕭條，却只有在一次又一次的凝望裏，寄情風雲。他更時時，獨坐在草地上，對著深深的樓閣，默想明日天涯的歸宿。瞬爾，已在奔塵。

城樓深深，摺疊著人生多少的理想和激情。迴風起時，也摺疊著年輕時的許多無奈和悵望。飛華流雨，總是昔日塵烟，而往事不再。黃花細草，雖是前塵隔夢，却永待追憶。那怕，已是惘然。

青青夢懷

又見山城，矗立在神話般的夢士上。而一個沉著身影，沿著霜色的回想，走入青青的遐思中。

年輕的書生生涯，常像一場令人陶醉的歡夢，在彈指間飄逝無蹤，除非高度的智慧使您回復年輕的熱情，否則您無法再擁抱這失去的青青夢懷。這城岡，象徵着生命摸索的過程，在無限的追尋裏，留下永遠的憶念，並且標示了一顆年輕心靈的異動。

初上山岡，獷猛的森風野雨凜凜的蓋上了新生註册的章印，當純情的眼神抬望靄靄渾莽的天宇，一朶夢般的悠思，正擁抱着年輕的熱情。是否生命裏，須學會適應霜寒冷冽的高山氣候。一種狩獵的心情踢着沉思的脚步，翻動了校園深處的每一個石子，而少年的豪情狂語，也曾撞響激遠的校鐘。記得那時，最喜依窗凝眺那有無的山色，俯望空盪的煙谷，當全身被淹來的霜風浸透，神思已悠然逸出，彷彿走入山景的一片空濛，人也在有無間。而空山夢語，飄盪着淒迷而美的詩思，或許雲深不知處，但總在此山間的。

山雨欲來，野風呼嘯着奔過城樓，滿目盡是蒼然，而心頭彷彿蕭瑟。夜色深深，輕霧籠罩著重樓，滿園儷影雙雙，校燈的光暈下依稀一點情愁。天晴氣朗，忽淹野霧，前後人影俱是茫茫，隱隱微傳語聲，喜悅間還有一絲迷惑。登高望遠，獨倚着寥闊的西風，而清吟化作風聲，塵貌在山裏隱去。求學的各種風貌，其實只是一個歷程。青青夢懷，迴落幾番煙雨。

尤其面對紗帽山的那座教室，最易牽動那顆易感的詩魂。當古板的教授在黑板上大事考據，他的幻想已從衆生的昏睡中升起，移望着這座古怪蠢拙的形象，像精靈的屁股俯着大地，看山是山，抑或非山，遠處那座仰天的觀音，頓悟後仍有疑惑。笑看塵事，疑惑還是留給煙雨吧！一陣煙雨在山間移蕩，窗外一片灰茫，而羣樹和草在烈雨下淒切的偃首。一陣陣猛雨，藉着風勢搖晃過來，叮叮咚咚地敲擊着毛玻璃恍如戰鼓淒淒，也擂響成他生命戰鬪的鼓聲。雨動門窗，聲盪課堂，更常令他的思潮驀地翻捲入民族歷史的隆隆潮雨，恍若孤獨地置身在最古老的悲劇時空中。而煙雨其後，竟然驚奇發現紗帽山掛著兩條虹霓，七種神妙斑爛的分色，憧憬和幻夢於是攀登這座天橋。青青夢懷，曾是多少遐想。

最難忘記，大屯山的初雪，呼嘯在青春的心頭。在屋裏正訝異着清晨的霜冷，忽聞落雪，就招車一路吟唱而去。漸近雪地，枝頭稍泛霜白，一陣狂喜襲湧心頭，雪畢竟是純潔與高尚最美麗的象徵。下車後，漫迎向霜煙瘦雪，彷彿已走在悠情的洞簫聲裏。手上的一把雪枝，搖晃着風流的沉吟，含咀着古詩人生命的興味，一路招雪而去。雖然只是微雪，但盡崖而立，看山岫籠起的蒼嵐莽霧，湧薄着一陣古古的寒意，才是初雪的勝景。於是詩心走入千古，在歷史的聯想中神傷。當踢雪而下，唏噓的神情還留在背後的山頭。

大四上半年，最喜夜遊，和同學在法美園裏坐談玄理，欄干下飄浮着像幻影般的街市夜景，隔著薄霧遙遠閃爍着，所有的聲音也都隔着遙遠的夢境，只有青青的理想在耳膜上震動，好像是心靈那根天線能够接收的唯一眞實。有時言盡旨永，以沉默的凌視拈着虛泛的燈色，也彷彿稍含禪機。一次臨岡崖的虎虎寒風，三人凝立在幻變的月影下，抬望着流變的雲煙，月色映在如煙的臉上，在一陣淒迷裏默默無言。久立彷彿成石，也不知疲累，而四周闃寂無人，三人亦如是看月的禪師。細念往事，低迴不已，這該是生命永憶的圖象。

今天再回山城，花風樹雨，還是青青夢懷。輕煙薄靄，猶令人緬念而沉醉。雕樓深憶，青眼如風，而往事成煙。細雨黃花，長風高樓，總是惘然。無奈是，已成天涯。

青春詠

青春裏美麗的瞬息，常成記憶中永流的江河。但閃灼的青春，豈僅是一首華歌，它却常包含一個青春的情境，飄雨一樣悠迷的夢景。浮塵往事，躺在回憶的深處裏，像遙情的羽箭，射穿未來的無窮的歷程，當您面對天涯停步瞻望時，縹緲的夢思就悄悄襲上心頭，使您在過去的形象裏捕捉未來的微影，於是青春的激情又開始復活，風揚如鷹隼迎向前方。爲何在流逝的夢境裏，常存有一種生命的活力，這該是有趣的弔詭。

您曾擁有這綺麗的歲月嗎？拌雜着原始和濃醇的童心，當是青春的情懷，但沿着這生命的黃金時代省察時，發現它只留下一個成長心靈的異動，隱約微露出一條探索的歷程，除此而外，只有迷霧般的回憶。這燦爛輝煌的夢之迴廊啊！有史詩的莊嚴，也有抒情小詩的清麗，更富於醉人的傳奇和幻美的神話，但我尚未盡情陶醉於其中迷人的景境，奄忽迅兮，却已在廊外了。青春彷佛是若覺若夢，等眞正懂得如何去享用時，夢已不再。但只要當您回首，就可知道您也曾擁有過燦射如晶的瞳采和溫馨如詩的祝福，在迢遙的生命旅程裏，確曾已上演過一齣偉大的戲劇，此時雖然嘩然幕落，舞臺上還有你哭泣的餘聲和微笑的幻影。生命的春天確實已來過了。

青春只是一場茫然的追尋，直到回頭看去，它才成爲永戀的樂章。因此這場生命的風暴告示着這麼一層意義；追尋的時候，青春才呈現；回憶的時候，才享有青春。但這將讓我們落入更迷惘的深淵裏，因爲追尋時，您只看到方向的延伸，却茫然無聞於青春的鼓音，回憶時却熱情已冷，青春不再，這都是若無的。於是您停止追尋，任青春的輕烟在生命的陽光裏消失，漫停在過程裏不再前進，於是您在生命裏從未成長過，也從未青春過，甚至您不曾擁有過値得的回憶。青春其實只是一個眞實的心靈歷程。

我愛把青春喻爲火的年代。在易於變幻的心境裏，燃燒着熊熊的熱情，對任何事物總帶着新奇眼光的投射，對靈魂的探險總是敢於嘗試，對玄之又玄的生命眞理總是窮追不捨，對自以爲是的善惡之辨總是直往而不縮，總是善於聆聽訊息，直到所有瞬間的感覺化爲美的渴望，總以純潔與天眞的熱情看待世事，而善的嚮往是矢志的目標。當青春消逝，人世的挫折襲來，感慨將轉爲深沉，火的時代已成過去，水的時代正前來，熱情內斂爲澄靜，變幻趨於穩定，生命的型態逐漸定型。若熱情死亡，當追尋停止，當活動僵化；智慧卽停止成長，生命卽開始萎縮。

盲目的熱情可能迷失，需要理性和經驗的調和，但永遠要保有適度的熱情；童騃的天眞可能幼稚，需要練達的智慧來引導，但永遠不要失去可貴的純眞。青春並不在於嬌柔的容顏、滑嫩的皮膚，它只是一種心態，充滿著旺盛的活力，當它具體而微地化在人生每一片段的過程中時，意志才會永不停息。而青春的意志是向前的，它的目標顯現於永遠的追尋。

青春啊！青春！誰聽得懂你謎語似的鼓聲。

夢與青春

在這樣闃靜的深夜裏，只有隔室的鼾聲隔着夢境遙遠的起伏，我是清醒的嗎？依然像年少時，手裏耍弄着筆桿，但當歲月彼端滾落了一串令人驚心的回憶時，我知道我已步入了另一個歷程。我們隨着時間前進，為將來創造回憶是因為珍惜青春；當回憶轉為感嘆時，我們的生命已到了不得不回看的峯頭。向前看的未然和回頭看的已然，畢竟是兩種絕不相類的心情。在追尋的歷程裏曾迷惘的張望，當痛苦的淚水浸潤後，確實迸綻一些了悟的微笑。

廿五歲，大學四年，當兵兩年，這青春的背景上，曾經剪貼了令人難忘的回憶。聽着潮聲，我們就可以了解潮水的動盪，當我檢視着青春的螺紋時，發現那的確是被永恒所祝福的年代，因為屬於它的記憶，是那麽的深刻動人，這種最真摯的情感，已足以不朽。在暫時的美中，確實蘊藏着永恒的可能性。而在幽渺的深憶裏邊，有痛苦也有快樂，有絕望也有希望，有光明和黑暗的對流，也有愛與恨的交疊，這原是一齣動人的詩劇！

在童年的時候，我們哭是因爲得不到所想要的，我們笑是因爲失而復得。青春的情懷大抵類此，淚和笑就是整個歷程。人生開始吹頌起青春的祝福時，人的形象已然成熟，我們却純潔得像個嬰兒。而美會是短暫的，因爲我們將學會悲傷，學會珍惜那永不再回的人和事件，我們已不再像童年時期的善於遺忘。在情感空間裏頭，曾經美過的，都將撞盪成午夜憶念的濤聲，即使我們曾漫不經心的走過，只要留下脚印，自會有水鳥來停駐在足跡上。這些記憶常蠶食着青春的激情，當痛苦蛻變成些微的智慧時，熱情却也逐漸的消失。爲何這些驚心動魄的美，不能常祝福整個的人生！

翻看着這本心靈的畫册時，雖驚異其稚氣未脫，但就初上大學時，那種對眞理的追求，對美善的渴望，對聖潔的嚮往，仍狂熱的震盪。或許原始的心靈，總是最美的。雖則命運的偶然，常企圖扭轉生命的標向，但原始的青春氣質究竟創造的決定了方向。凡堅持的，不會失敗，因爲他將從血泊中站起！而我們雖追求眞理，却常顯露愚蠢；雖渴望美善，却常自覺猙獰；雖嚮往聖潔，却常道心不堅。不要甘於做卑屈的順臣，要從泥濘和火燄中生出掙扎的願力，人的無限性要從這裏開展！

我們天天睜眼做夢，其實人生本就像一場夢幻的歡聚，當我們珍惜的人和事物，逐漸從生活的空間裏消失，我們知道理想的肯定是必要的。選擇了文學，就是安於這偉大的幻覺，雖然它可能帶來悲劇性的生命歷程。火光照着前方的悲路，而火裏定要湧現紅蓮。在平凡渺小的生命中，要把人生畫成一幅圖象，爲人類創造出永恒的人之形相，生命的莊嚴就要從這裏肯定，這就是生命的價值。不肯定的人，要淪入虛無了，一切的榮光將圍繞着創發新價值的人。這就是神聖的精義！

有誰一開始就是神聖的嗎？宗教聖人的時代已然遙遠。我曾是初來人，了解那時對價值的迷惑和徬徨。卽使在最渴望着美的時候，同時也激勃着熊熊的慾望，在這樣的對照下，却更顯美之爲美。至美至善，恐怕都是只懸於心的理想，唯因我們知道仍未達到，在追尋的過程中，就老懷着異鄉的感覺。我們曾被慾望的火燄焚身，被折磨與哀痛燒成灰燼，但我們對於愛與美的渴望不也是如此嗎！青春的路不是惘然的，它的確啓示了某種新生的意義。那顆徬徨矛盾的靈魂，豈非顯示最高的希望。

我們的渴望曾像噴泉的迸溢，渴望着新生，我們的失望也常躲在瞳孔陰暗的深處，就在渴望與失望的纏繞中，甚至想殘去肢體，以平衡苦難的心靈，因爲期待的愛與美總是不來。爲何心靈的成長，總要沿着苦難！爲何我們只能從某種啓示的象徵中，去摩想全然的神聖！原來最容易得來的幸福往往脆弱，經過磨折的最不容易動搖。詩人的悲劇正在乎此。他要從暫時的世界中，求得永恒的圓滿，在煉火中將出現眞實的新生。他要從痛苦中學習淸醒。

我們何時才能從黑暗中醒寤呢，那些迷戀着偶然的歲月！我們慣常感動得幾乎濫情，爲了一雯那所謂的友情和愛情，奢華的付出了高貴的歡笑和眼淚。情感雖然眞摯，雖然也將是生命最眞實的內容，但我們那時的確年輕得不能了解友情和愛情。而這種高貴的純眞，豈非是可驕傲的情感，這絕不是虛假。讓我的眼淚爲你流成淸川吧！你將在閃耀的晶瑩中，看到生命之愛。

這些回憶的驚潮，常令人心悸，爲何痛苦遠遠地超過這年歲所該當的負荷。青春，這動人的青春，鮮綠的時辰，爲何却蒙染了死色。這該當迸綻的歲月，青春之神却已顯得蒼老。在青春裏，我們播種熱情，歲月還報的却是空洞的冷漠。如果這樣下去，總有一天，我們的熱情將死，活潑的個性將消失，一個扁平的科學性格，將從無情的時間中誕生。但那熱情動人的時節，那遙遠的呼喚，那非洲急促神秘的鼓聲，混合着原始情緒的心跳，却寂寞而溫暖，在虛無中傳盪着熟稔的心境。當我們屢遭受人間世的險惡風濤，將更知道如何安心自處；而過去雖被時間封埋，却呼召着未來，青春的激情將與永恒同在，只是轉以智慧的風貌。在超乎時間之海上，我們遊戲與天眞，運動和遺忘。

這些發光的時代，曾經醜過的，將變爲美，曾經美過的，却已不再。雖然彷彿一場夢幻，我們將記取熱情。總有一天，只要我們勇於學習，我們將成爲，智者。

輯二

瑩亮的臉譜，溶成
靈魂的另一個影子。

插畫：陳朝椿

賦別

天上又燦起多少蓮花小燈，一丸涼月在灰白的雲蓮臺上仙化。千燈展光如蓮蓬，抖落一傘銀色的花粉，使星空更顯得淒迷。窗前，有一雙寂寞的眼神，看得場場幻象而自已空墮入夜空的愁悵中。光履無痕。只在空中點起千點光暈，放映着子時仍未映完的一場戲。他似在幻夢中。廳上，人去了。杯盤狼藉，孤燈殘照。穹蒼在高空中打起無數燈號與他的眉語相應，互訴衷懷；又像是無數隻夜豹的亮睛雜爍着低吼的夜風，似深欲掠食他一點零零星星的無奈離情。當他驀然回首時，他們的臉龐彷彿却映在燈火闌珊處。

四個人，一種偶然的契合。滿腔爲熱血封埋的對民族國家的一種希望一種感情緊緊的聯結着，也是他們之間的大默契。他們的雙眸射采，熱情洋溢，默默爲壓在肩頭的包袱努力着，而在十里洋場的喧闐中想矗立起一座明燈以爲來者之繼。他們是逆航於波濤洶湧上的帆船，無視於驚濤駭浪的恫嚇，且認定一切困厄只是瞬間的幻影，不足以定止他們仙航的歷程。他們知道他們必定成功，因爲凡是名字喚作星月雲的都終必昇起以給衆人仰望。

仰對着繁星，他恒是懷念如炊煙一般的歲月。在晚風微涼的陽臺上，或把背弓得似幾隻弓背貓一般的併坐着，望着星子喃喃着自己的嚮往。或似條翻着白肚、瞪着大眼的金魚一般的躺着，猶在咕咕嚕嚕數說世間的不平。他也曾幻想在萬籟俱靜的夜裏，幾位任俠好義的白馬騎士，肩披着雪融的星色，灑開蹄聲得得的一程又一程地馳騁他們的幻想。也曾摹想過在星夜裏，幾位年輕的水手操舟夜航漂漂蕩蕩，讓北斗星操縱他們的抱負。但是現在，突然深夜無月荒海風急，水手呀水手，大副二副他們全走了，走得遠遠的不知何時再回來——來瞧瞧寂寞的人。那人他呀他只好令船任意漂流自己却站在舵旁竚待。

在他們走時，原本要去送行的。那天清早，太陽還沒來得及起床，小江就匆匆趕回彰化去了。那時他還未自夢裏還魂過來，晨風揉不醒一夜的惺忪。老熊和小林是後一天才走的，沒想到下午七點撥個電話去却已鴻飛冥冥。擱下電話，窒悶的空氣使他近乎癱瘓，像一具擱淺沙灘上氣若遊絲而感到無助的泳人。飄蓬何時爾安歸。這一走，再見又是何時。星空中，天狼星遠遠傳來一聲淒涼無助的哀嗥，却喚不回他呆滯的感情和情緒。天末彤雲暗自垂。他覺得他們也像是零落兩三隻離羣的孤雁逆風而飛，羈旅各在西東不知何時方歸。現在就像參星與商星的相隔而不得相見，遙，遙，遙，回答他的是子時滿夜的寂寂戚戚，家人都睡了，只有留他在客廳裏冥想，坐對着滿空的眼睛亮給他看滿天的淒寥。而最後一星二星三星……千星萬星全向他撲來。在一夜的燈色悵惘中，他終於懷抱着滿腦子的思念，闔起了沉重的眼皮。

夜，漸漸的涼了。

大鵬賦

文藝節那晚，你我四人舉觴狂飲。在你酡紅的面頰，泛起了偉瀾壯濤沛然莫之能禦的五四訊息。前人的火把，後人追隨的脚步，一種嚮往的神采如篝火般地在你飛揚的鬢容上燒起，熊熊的火光在眼波上流動。許是年少的激情，使我們激昂如鵬鳥，廣宇悠宙都成我們不朽的征塵。這透明流動的液體，將詩思譜在臉上，一張張狂態狷容就飛出去，譜在風雨的年代裏，這是個狂飈的世紀！在酒光中聆聽五四的鐘聲，今天你我將成撞鐘的人；而風雨其後，只有沉盪迴響的雨聲依舊，只有我們遙飲的笑采依舊。憶起那晚，你我情酣意暢，直到我們將塵世的夜囂，留在雷厲風發的背影之後。

也許這條路是歷史一道窄窄的胡同，却有幢幢人影穿梭步聲，但我清吟你長嘯，夷然誰懼？然現實的陰影常盤據你深鎖的眉峯，當我老想在你的青瞳覓尋春風花影，那知我的眼底却滿是秋雨敗葉。今年我課業忙碌，經常你的鼾聲，我夜歸的跫音，同在鬱夜的摧殘下響起。當我執燈照看你，你悠悠的眼睫垂下，一顆歎息掙扎的不屈靈魂，正在無覺的夢中，馳騁壯志浩節。

有時，我拖着疲憊的夜色歸來，猶見你俯在案頭沉吟，煎熬詩思。我似乎見到一座玉觀音完美無疵的雕像，用你近琥珀的心血情思彫鏤的，正在緩緩成形。當我正想眠去，你却投筆三歎，我可以想見你眸中閃現一道現實的陰悒。你執着燈色爬上牀來，照亮我夜夢的荒漠，自虛脫形骸掙扎醒來，你頹萎的靈魂在我眼中深深處。我依牀頭，你據牀尾，你我的淸談與笑語之間是混沌的光年。祇要你我的眼光在眞摯中交應，荒夜自在周圍流去。

有一夜，你我在軟風迴舞的陽臺虎啃甘蔗，屋前修竹呼啦啦應和着我們狂妄的傲笑。風長話濃，夜色被遺忘在話聲之外。我們駢手指夜，笑諷風月，嬉嘲煙雲，並堅信：你我雖背負沉沉月色，月色也會將我們投影前方。那些豪語的奧幻煙景，未在歲月的容顏裏斑剝，在我心影的履歷中，已篆刻成華岡煙雨的歷史深憶。每當詠風嘆月，風裏高影月下寒顏，就在不經意的揮灑下湧現，而哪年我們能再併肩一起，坐看雲湧風合。

效鷗，你人如其名，你嚮往的一直是鷗鳥的無機，得逍遙於海天渾然。然而，非九萬里何足你負其修身運其碩翼，我誠盼你是隻天地翱翔的巨鵬，在虎雲龍風裏鼓翅怒拍，讓天涯揮滿你狂飛的翼影，你搏擊橫天雲靄就如敗羽般退飛海天窮際。騫翥千秋霄漢，凌摩萬古蒼穹，你在極天之處，山窮比髮海小如眼，曠宇極宙，唯你傲傲乎騰翥中天。那時，你的一聲低唱，滿山將迴響着嘆息；偶爾的高吟，山河都滾響驚雷，那時你將發現，星月不過是你青眸乍閃的刹那微光。

當你再來，務必爲我携來一壺春色，何忍總令我見到眸中蹣跚的陰影，滿城花飛蜓斜、雀囀蝶舞，爲何唯你的跫音抑鬱如春來的忍蛹。最好我們再去狂歌縱酒，讓我們在放浪的傲獨裏，仰乾似酒的華年。又總覺得歡聚的日子太短，而此時已是日近崦嵫的時刻，燕斜春暮，花漫斜暉，別情是依依的。相聚太短，行色太匆匆，我又何忍揮手遽別。前塵往事，總在夜色的回憶中，細數着你如風景般的流采飛瞳。今日興來，何妨盡歡，或許你我在廿年後的風塵中相遇，也能憶及此刻跋扈的狂斟狷笑：或許你我在忘機的豆棚瓜架下，笑奕着滾滾江色、蒼蒼岫影，會爲此時的狷狂失笑。但此刻，大鵬將去兮，天巢地窠，且來，我們再浮一大白。

煙雨平生

在這惘然的夜晚裏，祇能在這裏啞然的沉坐，把思緒旋入無盡的回想。往時岡風如霜的晚上，經常與你對坐在昏黃的燈光下，傾訴平生。你抱胸盤坐床上，我倚牆凝坐，中間流過多少溫馨。自我寂寞的童年到你夢樣的情懷，那年的凝視，總帶着濛濛的煙雨。有時在無言的對坐裏，也會泛起不可言喻的悵惘。誰教當時，總是情癡。

同窗四年，認識你却在大二上學期。你將練習的詩作遞給我，在夢雨般迷離縹緲的情緒裏，使我震驚濃厚的詩人風味。大三的時候，我任文藝社社長，那時詩社社長想將社務交出，問我文藝的風雲幾許，脫口而出的竟是你憂鬱寡言的意象。此後，我倆的携手傲笑，也曾激起江湖多少美麗的雲煙。江湖如夢，誰曾夢覺。

記從我常與你戲言爬「大巴山」去，你莫名地搔着滿頭霧色。其實大巴山祇能在夢裏神遊，何幸得見！你却也毫不在意的，任我漫指胡謅。或許已在三更的霜色裏，就披起忘機的目光，去江海遨遊。說是江海，其實也不過是山間的小徑。有時我們踏着沉重的脚步，在哀聲裏默默無言。有時堆琛起江湖美麗的煙景，不禁揚起豪邁的長笑，迴盪在山壑裏。有時爲了一些可笑的小事，在風雨裏激情的雄辯。沿着那條山路，曾有你我步履多少苦悶的跫音。而這些，雖是山城舊事，每每孤燈獨坐，就會浮現往昔令人悵然的囘憶。

在畢業前，你我都曾有過一段苦悶的心路歷程。我是爲了眼前課業和事務的忙碌，而你想必是爲了即將面對天涯的那種不可抑止的感傷。我是活在現在，你總是活在未來，你我的投合，想必是我們從未忘了要懷念過去。那次，幾個同學在屋裏聚餐敍情。有時話長，不免情濃。在吉他低沉動盪的音調裏，幾人竟苦澀得說不出話來。我在那時，在一陣陣襲來囘憶的思潮裏，竟無法遏止住滿腔的寂寞和感傷。當我驀然囘首，却見你赫然淚流滿臉，在一邊不住的抽搐，才知你情深若此。情深始見情眞，我們的眼淚，怎會被天涯的風雨淘洗而去。怎會淘洗而去。

永遠無法忘懷你那悲哀得近乎無助的神情，曾在我憂傷的瞳眸裏閃動。煙雨四年，容或帶來多少痛苦的囘憶和感觸，你我永不忘記。或許更該徹悟，你我原不屬於這塵間的。我們該携手去江海遨遊，以喟嘆摘落滿天的星斗。在山水間，就築個小屋，在那裏暢談平生吧。風華經眼，當霜雨落濕了我們鬢生的眉睫，浮塵世事倏乎在忘情的眸裏閃動，被囘憶牽動的微笑裏，含有多少訴不盡的眞意。而情癡或會成妄，多情常使恨長。

想此時，你正在軍中，唱着入雲的歌聲。你的耳際，可曾迴盪着華岡的雨聲。不要感傷天涯，天涯不過是脚下的塵土。路長難敘，情濃可寄，遙用此文祝福你。

魚鳥賦

你乃游魚，我是飛鳥。魚之悠遊，鳥之吟鳴，兩種生命最美妙的姿式。

今夜，走馬天涯，人各一方。僻鄉的小屋裏，一陣郊雨過後，聆聽着抒情的樂章，常浮動舊痕往事。豈非是一些樂曲聯想的變調，將原先相互歸屬的心靈，在深深的回憶裏牽繫一起。而在夜的長巷，當我興酣擲筆、擊節高歌，湧出大漠風塵的顏貌，在醉傲時，常恍見你搖晃着參差的笑影，春秋的夜色裏，用哲人的奧語回應詩人的嘯傲。

魚鳥之交，昔來久矣。而鳥非魚，卻知魚之樂；魚非鳥，亦羨鳥之吟。

初識風雨山城，我顧盼自雄的風潮，即驚識你獨洗靈臺的奇岩。在記憶裏無法塵洗去相遇時心靈撞擊的回聲。那年不期然的相遇，在旋響着風雨的岡上，你有純樸的豪爽，我有放縱的傲獨，雖是同窗，猶如情深的手足。帶着未經世事的一分純稚，玄弄着義理和辭章，戲捉着話裏的機鋒。也彷彿魏晉的名士，無事就在煙雨裏「清談」。說要看山，就對着山開始神遊起來，或笑鬬玄機，或佯扮瘋顛。有時像個俠客，在煙靄裏比試，你是柔道高手，而我却是鴨拳雞爪。雖然拳腿紛飛，一片冰心自在玉壺，盡興而止，勝敗何妨。交手正像激賞而撞擊的誠摯心靈，嬉笑怒駡也見情眞。飛煙成雨，身影凝然的對峙在蒼茫寥闊的山景裏，這份情誼，該是風雨譜成的樂章，而雕樓上的那些情景，總旋起一些令人低迴的情懷。遙想那年，對生命感初情的喜悅，被你我譜成了一秋的霜雨。

故若無鳥，魚樂人何知；若無魚，鳥吟也孤寂。鳥之戀魚，魚之戀鳥，相當然耳。

夜深的回想，像是穿過幽渺的長巷，在天寒雨凍裏昇起友情交契的溫馨。同是少年江湖，有過一段寥落的歲月和心路歷程。在襲着冷雨的青春道上，崎嶇難行，求知以達變，亦屬風流。那時滿帶着稚子情懷，澀青的瞭望這段四年的歲月，於我像是霜風霧雨，頗帶飄逸的浪漫，於你却像儒風墨雨，總有堅忍的古典。如今，我却深知，你早已立定求生命學問的標向。大一下學期，我們都面臨轉系轉校的抉擇，你終於轉入哲學系，我仍留在文藝組，或由於入路的不同，生命的情調在表象上或有差異，但精神的射線却在孤寒的高處相交。於是我繼續激發浪漫原始的情感，你則沉思於冷靜的哲學思辨。不多久，我却也迷戀起理性的趣味，那飄泊的詩魂終於攝入了儒家的精神生命，尋到理想的歸宿。你却始終沉醉在理性的尋思與回味裏，而知性沉靜的投影，也頗有哲人的風範。但你生命的情調，却亦帶幾分詩人的風味。

我乃水上的孤鴻，你乃江波的游魚。孤鴻返照大魚之游轉，大魚出聽孤鴻迴旋的吟嘯。鴻雁學魚姿，有悠遊之自得，魚效雁翔，有凌舞騰翥之氣概。

而後那年，你奔波於求學，我安於自讀。但交游頻頻，精神仍處於高度交融的狀態，尤其中午，往往都携帶着便當，尋問僻靜的教室聚餐。記得一次，漫步林徑間，就坐在幽園裏野宴，一隻溫馴的家狗，靜靜地趴着，聆聽着我們笑談奧理，在玄義與謎語裏像是迷惘亦像嫻知，林葉的返景漾照在我們流動的臉上，直到校園的遠鐘響起，我們才依依不捨的起身行去。那隻解事的狗自深徑裏就默默跟着，直到大路才依依返回，彷彿是知禮的隱士。這件事回想起來，依舊有栩栩鮮活的風貌。那年，你學老莊，我亦讀老莊，你學禪宗，我亦讀禪宗，詩和哲學的契融，終於交合在中華民族人文的悲劇精神裏，而使吟頌的風貌有了深度。今天在哲學的領域若還有一得之愚，部份是來自你的激勵。我的文氣，有將軍的孤絕感，此刻；你在遠方，是否還能聽到這四度空間的歌聲，天上人間美麗的混聲合唱。

雁遊北國，魚飛江湖。北國蕭蕭葉落，江湖自湧波濤。

大三那年，我接掌社務。當詩情的觸鬚在現實的擺盪中受苦時，你却因寒窗苦讀而靈泉自湧，啓開理性生命的源頭活水。我失去詩園繽紛的花影，人際關係的磨盪永遠令詩人憔悴。至此方知將青春的火把在紅塵中磨洗，熄滅的是那把詩情的火焰，只有情淚愀然的滲入荒土，慰藉受傷的詩魂。而你的眼瞳永遠閃亮着鼓勵和期待。在經驗裏美麗的擺渡，常成生命理想的歸渡。我浪漫的熱情，常驅使我翻滾在經驗的急湍裏，但在浮盪經驗裏的失望和痛苦，使感慨深沉，而敏銳纖細的生命觸鬚，逐漸試測出一條眞知的大路。而我却仍感羞愧，因爲這些荒謬的擺渡，亦使我浪費太多青春的流光，而你沉潛於書裏所獲得的遠比我多，因爲那都是濃縮的理想生命的理型。莽莽蒼蒼，大學生涯的風雲，回憶總是連天的海浪撞擊着遙夜裏的懷念。而往事春風，憶念水般的流過午夜的桌頭。大四時，我們卜居在山仔后進去的野屋裏，說不完的風光與趣味。風風雨雨，那潑墨山水的形象，也讓我們有難描繪的眼前景，訴不盡的心底情。寒屋夜讀，雨中漫談，都刻成記憶的浮雕，在年代裏磨洗不去。

善飛則成鵬，善泳則化鯤。其生命的旋律，均起自原始性靈對永恒的追求。

未經孤絕的寒凍焉得人格的梅香。我們曾經過蒼風猛雨的熬鍊，我有霜骨、你有冰節，我們都嚮往一顆偉大聖潔的靈魂。在一片黯然的唏噓裏，走下如此繫情的山岡，誰忍揮動江湖的馬鞭呢！情更長而鞭欲短，無奈的蹄痕寫向天涯。我們曾是傲嘯的五陵年少，在激情的年代，走下鷹風鵬雨的山岡。他日將配戴着風塵的霜花，在雄視的年代，迎向鵬風鯤雨的山城。

今夜，將激吟湧脫自回憶的長巷，灑脫及浪漫都曾是靈魂璀璨的風景。却不知何時能再抵足長談別後的錯遇。思有鴻鵠將至，每夜總像等待着將來未來的盛會，期望綻開了友情的花朵。而你在天涯，是否也常探照這朵飄泊靈魂的背影。對着將來的相聚，憧憬中美麗而激切，思有鴻鵠將至，我將騎彩雲而去，你將乘海流而來。總暗以掀起狂飈運動的歌德和席勒相許，我曾無歌德的才慧，你却有席勒的淵識，但讓我們來掀起瘋狂美麗的震撼。
啊！在此刻，天涯！天涯！人欲斷腸！夢中且來！陪我舞一招劍訣，聽我迴腸盪氣的吟嘯。

勸歌賦

今夜悲來胡不歌。當你憂鬱的形象在我腦海裏浮迴而起，我竟興起異鄉的寥落感。多想乘風歸去，回到青春的夢土，在忘情的喧嘩裏栽植遠方的理想。你的琴聲是否也流落在沒有知音的異地裏，你啊！易於感動的靈魂，我清楚地聽到流注着淒美的伶仃弦聲，隔着天暮的涼風自遠方迢遞過來。今夜無人，胡不歌。

千秋風，萬古雨，一場溫暖的悸動，都曾落在山岡的小徑。隔着千里的風塵，夙昔的那些逝影遙情又像青春重攏上心頭。在荒盪的走道上，驚識你淒蕪的身影，誠懇而荒涼的話語迴繞在我的心頭，我終於照見了一朵最飄搖的靈魂。當你答應出任學社的總幹事，你的班上的同學訝異萬分，因爲那沉默和啞楞的形容，常像憔悴的隱者。在年華的綠蔭裏，有時你弦我歌彈唱悲懷，當風簷溜雨響着淅瀝，也恰似你熟練嫻熟的輪指激彈出你深藏的悲鬱。只有詩心才照詩心。

霜夜霧迷，夜露彷彿沾臉，燈色都蒙上一層朦朧的昏暈。在幻影中，見你蒼白多鬚的瘦臉於霧色裏飄浮。有一回，你告訴我想結婚了，娶一位班上的女孩，當你初次的與她晤談，竟如此傷懷，因爲她原是啞女，你就想和她隱居山間，呵護這無聲的心靈。你憂愁而豐富的情感，貫注在這悲憫胸懷的流動間。後來讀你那篇「古拉格羣島讀後」，在我的情感裏掀起一陣猛烈的騷動，你憂傷的氣質終於能運注在文章裏，流露出心靈深層的苦悶和顫慄。那篇文章內容雖已模糊，但徬徨與悲淒的風貌猶然生動地呼嘯着。只有至情，能寫至文。當然你未眞的結婚。青春情懷雖然眞摯，往往帶着幾分錯謬，但一片深情寫在每一個風雨的臉上。

「霜風霧雨，走訪岡上蒼龍……。」在淒狂的大雨裏，你找我未遇而留在門牆上的詩句，至今我猶想見你徘徊室外滿身濕漉的景色，以至於悵然離去重又隱沒在雨幕裏的蕭條身影。而我豈如蒼龍，我正瑟縮在異地的寒夜裏。你的神情向來落寞而寡歡，且也素不喜交際，彷彿早已倦於人世的顚沛，但我却知在瘖瘂的臉譜底下，懷藏着一個對人道主義永不熄滅的嚮往，那憂鬱的眸子裏也潛藏着一個燃燒着熱情的詩魂。

後來，你經常竟夜苦讀，原是瘦削的身體漸漸羸弱下去，偶爾運動時顯得有些氣喘，當我入伍一年時，接到你打來的電話，話筒傳來遙遠的聲音，你告訴我因讀書過度，致精神衰弱，每天幾乎靠補藥維持身體，有一陣子根本無法用腦思考。我喉頭一陣苦澀，眼前又浮現你疲憊而衰微的身軀。那像是寒風裏一束飄零的蓬草，你可知流落的前程嗎？當我有天在岡上終於和你晤面時，在煙霧裏摸索你憔悴的魂靈，才知你已追索到你當前去的驛站。我們都有個徬徨的時候，甚至在痛苦的追尋裏，不惜以自己的身體或流血作爲理想的祭壇，那畢竟是值得的。當青春時，我們流過眼淚，遠方已傳來神聖的召喚。

天可憐見，多少癡情和迷惑，多少惘然和掙扎，青春只有在奮鬪裏才顯得眞實。那一張張熟悉過的面影，是年代裏永不褪色的圖像。一幕幕的幻影，在回憶中翻滾着憶念不斷的濤聲，閃映出發光的靈魂追尋時的苦悶與徬徨，我當然無法想見，你穿着戎裝剃去發愁的鬚毛的形相，是煥發的還是陰黯的，但讓我們共享着這片溫馨吧。難道這齣戲劇就這樣幕落了嗎?!水的時代尚遙遠，火的時代剛掀開了生命的序幕，盼我們永有這顆激熱的詩魂。

繁華事散，前程在眼，而相知零落。霧散街清，淒冷無人，往日舊遊已化作三兩寒星。寂寥的夜裏，沿着軍鞋的踢躂聲走回青色的年代，而眼已迷濛。胡不來歌?

君子賦

更夜裏點讀論語，孤燈下自籠起端凝肅穆的氣象，沿着字句徘徊浮升。言忠信，行篤敬，是古之儒者，這豈不就是你所嚮往的境界。窗外正是令人惶惑的亂雨狂風，彷彿是嗩吶的淒涼，間以鑼響的震撼心弦，一點聯想的序幕正隨着批註的經句而開啓，回到風雨四年的讀書生涯。

多遠了，這記憶也像是遙遠的奔程，濡濕在濛濛如煙的眼神中，耳膜裏恍惚又迴遊青春的鼓聲，令人心激神盪。

初接觸到飛夢的樓宇，交疊着理想與美的和諧夢境，那純眞的眸子痴醉了，澀青的靈魂驚悸而欣喜。那教室彷彿都被神奇的火光映照着，烘托着一個渴望去追尋的莘莘學子，雷電彷彿在課堂間摩盪，流霧飛虹有時似乎盈室。回憶裏的圖象，總是一個大光頭，穿着短褲涼鞋，態度誠摯而溫煦的模樣，不笑不歌，令我感覺一個小僧謹愼戒懼地守護着小言小行，尤其你愛將脚尖輕踮下去，一步一步地蹣着走路，你告訴我後跟踵地，會震盪腦部，而使神經受傷，我雖不諳生理科學，對這種小心翼翼的爲人行事，却稍感哂然，當時呵！對自以爲是的道理，總是如痴如醉又如狂啊！這些細微的事，却永堪回味。記得你寫過一首題名爲「白鷄山」的詩，裏面有諸如「白鷄山上有白鷄，何不上白鷄山上抓白鷄……」的句子，無非是要邀大夥兒去三峽玩的意思，雖然毫無意境可言，但句拙而意誠，更富於古怪的趣味，至於三峽是否眞有這麽一座山，我也一直都在虛無飄渺間，那時我想，你的生命趣味，應該是偏向山僧的，偶然有一些人間的情趣。

驚訝地發現你那淳厚的情感，是在大三的時候，你回憶因喜歡一個女孩，一路淋着寒雨，愀然地流着熱淚，走到山仔后的情形，我不禁啞然了。每個青春的靈魂，都曾撒下一串晶瑩的熱淚，在年華的綠蔭裏，情眞的靈魂，永遠收穫痛苦的沉默。然何必駭怕眼淚呢，敏於感受的豐富情感，並不能證明生命力的脆弱，在眼淚中你的生命將得到浸洗，而永保純眞。在學社的那段期間，我們都擁有過天眞浪漫的韶光，獲得不少生活的趣味。而僧耶儒耶，我始見到你助人爲樂的善於將關懷付諸行動，信義爲本的善於將允諾付諸實踐。

青春或許只是個激辯的歷程，在摸索與追尋間創造回憶，青春或更是一種對信仰的堅持和理想的執着，以暫時的激情創造求恒的價值。在豪情的戲言裏，常妄想已有鵝湖之會的雄渾的氣概，我們確曾想在玄奧的經義中和浮幻的經驗裏，揭開生命神秘的面紗，雖然幼稚，但在偉大的幻覺中，那永恒的神光乍啓，我們窺見過幸福的天堂；在卑小的幻覺中，那倏乎的眸采方歛，我們照見了悲慘的地獄。我們的追尋，將是永不失敗的最好證明，無論天堂或地獄，都是生命掙扎的起點，只要有這一顆嚮往着美善的心便已足够，無論追尋是否惘然，但終點總不會是空的。不斷辯證的過程中，在未來的風埃中，我確曾看到了一把聖潔的光炬照亮我們的前路，象式着儒行的前程與標向。

君子央央，獨行遇雨，若濡有慍。我們這樣子不斷地呼召未來，就是要喚醒這樣的形象嗎！剛健而中正，獨立而不倚，多風多雨的時代，誰是在激濤中挺立如昔的崖壁，甚而誰是在風暴雨烈中燦明的燈塔！我們常夢想着脚底下翻白的濤花，多美麗的綻放，當生命到了終點，我們是否能雄立在暴風雨的夜裏，仰祈着上蒼說：我已完成了人的價值，我已無愧於此生。微笑地閉眼，那將是最好的終結，我們已成就了君子的大德。來吧！讓我們向最高的山峰攀援，雖然在無依的野風中，兩睫眸光交接之頃神秘而溫暖，對發光的未來，我們有着無窮的希望，信心將迎接這無限的歷程。

友情詠

雨敲寒窗，點點滴滴彷彿仍是書生心境；靜室孤燈，想起昔朋舊友，總是情摯愛眞。

原像一堆無常的原子，在運動裏結合與分離，但神秘的火光映閃，結合時凝聚相依，分離時遙情傾引，總留下近乎神聖的情感。而心靈本若明鏡，聚時留下痕影，散時影空相滅，彷彿臉貌交遞、新人推換舊人。但影存鏡心，每當空夜自傷，茫茫間若有感動，不禁喃喃自語，似催動了遙夜的咒語；那些散離的碎影重新組合、凝聚，從黑暗的鏡臺上重新浮凸與灼亮，偏照着熟稔而動人的側面，令您在永夜裏顫悸。這劇幕將爲每一個心酸的情節開啓，也爲每一個甜蜜的情節開啓。每一張黑白的顏臉都被安捧在最動盪的情節裏，所以憶濃影深，在鏡底恒留無盡的相思。而思與影交融，懂得愛的，吸收友情的光與熱，鑑照着歷程中的浮沉，灼逼着生命中的黑暗，在沉思與回味間一點靈光爆破，而心鏡自明。

一曲清歌四海傳，丹心相映天際看。友情多麽永恒。當時間逐漸傾斜，過去已濃成一種鄉愁，舊交仍像不倒的記憶的石柱。在漆黑的長夜裏，面對幽冥的未來，時空恍惚飄浮的境象中向過去流轉，那些向荒渺逝去的昔事舊物，那些在塵海中淹沒的臉譜，重現着鮮活的面貌。彷彿是倚着暱愛的小紅爐煨暖，在寒天的蕭瑟心境得到了慰安。彷彿是把玩古舊年代精雕細琢的一方玉印，對着清瘦溫麗的古朝，上面旨深意遠的詩行已串成燈謎，引動連綿的意猜遐想。更彷彿是……

……那令您迷惘的寒霧吧！

那半朽的青色年華，曾是多情的少年。擊掌時熱情對流，氣豪時鯨飲百川。這是個亮麗的年代。在雙眸凝注而燦射的水汪汪的晶瑩裏，可以看見永恒的春天。從暫時的相逢到意氣相傾，或許只有一根煙的距離；從偶然的猜忌到聲氣相感，或許只在調侃式的一個笑容。紛爭時起，但逸趣橫生，西線無戰事。無邪的友情，在挫折的時候激勵您，在痛苦的時候安慰您；像鷹鵰懷繞着遠山，像魚鳥相戀於江湖。那些親愛的友朋，總像靈魂的另一道回聲。一張臉孔自茫茫的人海中閃亮起來，旋自人海中無息的沉黯隱去，但永憶的心影却隨年代的沖激，越久越濃醇。

盛席華筵有盡時，深情還自夢中看。在將夢未夢之際，擾擾的魂影自四面八方擁來，彷彿仍是溫昫的圓心；倏忽間，人影寥落散去，寒風中睡成寂寒的孤塚。是天上，疑人間，舊影又圍攏在影影的燈火裏暢敍平生，依稀年少的韶光，但那不過是浮亂的心象。而人事浮沉，友情在空間中只剩下渺遠的音訊交互傳遞，而街頭偶逢乍見，那隔世之感，直教您驚喜得相逢疑夢。

檢起斷語零箋，吟聲送入風裏，一串眞情長相憶，含笑如臨故人，將這番情懷，付與漫漫長夜，喜見得友情永不飄零！

輯三

燈花般地醉成
星辰流轉的力量。

插畫：陳榭椿

道情

今夕，是何夕。我竟無法推開異鄉的惘然。無奈的微笑，偏坐着一抹寂寥的燈色，任一些似夢的回想，照亮了營區邊的獨夜。

隔着異地的夜霧，彷彿遙見妳漾泛的眸采，也在這樣的夜色裏惘然。有時悄立，傾聽着子夜的流聲，不禁常想起，在妳易驚醒的夢境裏，是否常映着那張天涯的悲容。

少年的徬徨純摯，曾是夢痴。青年的輾轉情迴，半爲境迷。在妳深情的一瞥裏，竟驚落幾番春雨。自紅樓夢中雲歸遊來，於妳稚情的面容上，方纔羞見，我往日的零落。愛是什麽，我曾幾番追尋。甚至當我還是初鬢的少年，就曾怯怯地走入這座迷宮。出時，却還是來時路，不見鳥聲，沒有花影，只有一場春夢後的怔忡，搖成一隻彩蝶。天涯的路上，我依舊孤獨，那只是一種莫名的悸動，將少年幻象似的理想孤懸空中，繫情的對象在薄煙裏昇華成海倫式的偶像。這種形象美的崇拜，太不落實了。因此雖則我曾有過少年維特的煩惱，那青葱般的歲月却不曾滴流過初戀的淚水。那段美妙的時光，雖在記憶裏留下些微的憾恨，畢竟已躺成太遙遠的，一個遺失的夢。今夜，我猶爲當初英雄往矣、捨我其誰的氣概，三笑其痴。每個人生，總爲初戀時節，留下一段唐吉訶德的幻想。可笑又可貴。

戀愛最初的喜悅，並未令我青春的激情，窒息在少年歌德最後的悲哀裏。在追求圓滿的路上，我依舊僕僕前進，滿是風塵。再過花節，我正乘着書生的輕車吟行路過，我偶然駐足在一株百合前面，卽在心裏對她謳歌。當車影漫漫搖過，我聽到彷彿傳來一聲淒歎。目注前程，我仍是輕輕地搖着我飄逸的羽扇，向歲月吟誦行去。花下似殘留泥痕，鴻飛却那復計東西。韶光未知惜留，誠該抱悔，而今想來，興趣的不能相互配合，似該爲輕離的主因。百合雖美，終究不諳人語。我栖栖皇皇地在理想的旅途上鞭進，爲惜流光，我仍尋覓一朶夢裏花影，以伴孤獨的歲月。然情感失敗的磨折，久久不能平復，我必須縮小生活圈，來凝固沈歛一些未澄淸的理念。

那一年，我變得沈靜和穩重，把注意力集中在書本上，想由自書中融會的理念，形成自己行爲的架構。這些準備，我相信是風浪的前奏，必要將這些不成熟的思想模式，在經驗的暴風雨前粉碎，才可以在茫昧大海中揮出一條幸福的棲地。初經人性的風浪，看似穩定，其實畏縮，使我逐漸趨避到愛情的港口。終於三度花開，依舊是賞花人。我與她擁有的理想，終是殊分異塗，在最純潔的友情基礎上，實難架構起最莊嚴的園地。友情可以客觀甚且趣味性的欣賞，愛情却常挾沙以俱下，在內裏作主觀而嚴厲的批判。這種批判，爲愛敲響了喪鐘。何況在個性遭受羣性的磨刼之際，或許愛情註定是失敗的。愛情畢竟也不是避風港。匆匆的，我揮別了。

三次黯然的經驗，我本已打算作個孤航的水手，不再期望神話中的島嶼。自持的理念加上幾年來風雨的人性經驗，終於重疊成人生的立體座標系。要踏下成熟的那步，我還必須努力調整自己的方位。然我自忖，在那些流變的情感經驗裏，我已看到摩西堅定的眸光。或許暫時的事物，總通往永恆；那些經驗，雖若迷霧，却照亮一條眞愛的大路。三次情感的逃亡，我並未淹沒在納息西斯自戀的妄情裏，而遭致神的審判：願不愛別人的人愛上自己吧！大概奠基於一點起碼的瞭解——愛是靈魂的需要。但這些經驗還是令人疲憊的。

這條路常教我迷惑。道是山窮水盡，偏又柳暗花明 。一些對純情的激動，孱雜着同情的了解，使我落入了沒有出口的情網。這八卦陣圖太令我陶醉。在無意間，竟能栽出如此美麗的誘惑。是來自靈魂深處的熟悉與慰藉。

在滿足的微笑裏，愛是什麽呢！我猶費心去猜疑。夏娃豈僅是亞當的兩根肋骨，觸及生命基力的核心部分，這謎題永不如此單純。事實上，用數學的函數論永無法代出它全幅的涵義。或許，指向情、意部分的强力象徵，還能得到直覺式的會心了解。

或許「天地絪蘊，萬物化醇」的「天」和「地」，指的原是男性原理和女性原理。而陰與陽或並非超越的性質，乃充塞於生命過程中的兩種存在形態。藉著兩種存在形態的結合，表現出富創造性的生命力。那麽「天、地、人」三才中所標擧的「人」，是否正是兩種原理聯合創作的結果。這種古典所蘊含的觀念，來自日常生活經驗，不離人倫日用之間。談的是生命以內的事，範圍惟人而已。也許男女結合，是天經地義的事，如此才在生命的過程裏趨向成熟，共同在人生的旅途裏携手邁進，創造偉大的生命的藝術。

也許在生命經驗裏曾經體會到悲愴的孤獨感，才會了解寂寞的人類多麽需要愛情。那不當僅僅是生理的渴望。理想的愛情，來自靈魂深處的期盼，常幻成美麗的神話。沒有創造的生命是不值得活的，沒有愛情的生命常失却創造的活力。就像「浮士德」中：永恆的女性引領我們前進。愛，使人新生。

在回想中，走入妳甜美的微笑，似見妳洋溢着初情永恆的喜悅。這種神秘的力量，是否就如希臘神話中參孫的頭髮，那生命力的泉源。我不禁想起，以前少年瘋癲的戲言；一個男人理應經歷三種女人，就是情人、情婦與妻子。情人是形而上的，只有精神的渴盼；情婦是形而下的，只有慾望的需要；妻子則是二者的綜合。浪漫而荒唐。對於人生的眞實層面，何須此辯證的發展。而於妳，我的情人，妳將是三者的綜合。甚且，妳也該是我體貼的姐妹，甚至我慈祥的母親和淘氣的女兒。我簡直無法將妳的形象固着於任何一種型態，因愛的本質是無法固定的。回憶中妳的各種風貌，總使我湧現太多的欣喜。

尼采說：「便是你們最佳的愛情，也不過是喜樂底寫眞與痛苦底熱心。它是一支火炬，將照你們往高處的路」。有歡笑、有悲哀，每一片愛情的葉脈上總滲出這兩種眼淚。妳曾經喜悅得流淚，也曾經悲哀而哭泣，每一顆都洋溢着一份晶瑩的愛。誠然，我也相信，被痛苦照亮的愛情都較堅强。何況我們都有共同的執着呢。此刻，我腦海中迴盪起莎士比亞透過羅密歐說的話：「願此刻我們的悲哀苦痛，皆成老時携手談心的資料。」彼此情感相激相盪的磨折，是達到眞愛之路必經的曲折，在磨盪裏纔見及眞情實感的流露。在情感的交融相會裏，正胚胎着一幅人生美麗的畫景。這幅作品由妳我共同創造，我們都是盤古。而老時我們是在做什麽呢！我們已無法在地毯上嬉戲追逐。那時是否撫視着出版的幾十本創作集子，在燭火中回憶起年輕時的激情，想起種種的風雲豪情，都不禁沈醉在回想的韶光裏，而兩人的頰上都籠起晚霞。隔房的「小趙」也正亮起他父親時代的燈，冥想着唐代的詩人宋代的書生。

月下老人的紅線是千年前的神話。情感的紅綠燈前，每一步都是我們主動的選擇。想起妳我的相遇，我雖否定命運，却矢信機緣，畢竟事件本身已美得彷彿神話。初遇，像隔着遙遠的夢雨，原是偶然，如今反成爲必然。在情感的回憶錄中，它永遠留下一段如痴的遙情。愛情本無須口裏信誓旦旦的承諾，在彼此凝注的眼神裏已觸發一種神秘的訊息。當這愛像春水般流過了春、夏、秋、多，我們可以在四季的年輪裏發現盎然生意。原來纖纖的指頭所拈着的，竟是生命臻向圓滿的預示。

在我理想人生的生命歷程裏，喜作蒼鷹遊。自靈感與理性的九重天撲擊而下，冷然善也，常啄着眞理與美的尖喙，盼望自擾擾紅塵裏猶能昇起一絲迴響。而妳呢！該是我棲宿的聖山，流着我生命情感的泉源，啓示着大自然的奇妙和莊嚴。這樣的峯頭，我終於飛臨了，帶着風塵僕僕的吟聲。在那眸中泛着的潮水連雨，讓我落至不可趨避的情境裏，渾身被淹來的情感濕透。而我甘在雨中。

在回想的夜色裏，妳每一個鮮活的神態，都令我痴然的醉了。就任這笑聲像那海潮吧。而妳是否也在桌前，一邊編織着如夢的回憶，一邊構築着未來的幸福。在妳殷勤開墾的稿園裏，正是遍地青翠，彷彿燕語，更是春信來時。春天的秘密，在於那個古老永遠的神話。妳是否也想像，我們該如何相擁地走過年代的潮聲，將凡世的辛酸痛苦，都化成妳我眸中相映的煙雨，妳我終於相視微笑了。

今夕，是何夕，帶着一抹夢樣的遐情和醺然的薄醉，翻動着心靈深處的扉頁。遙見妳在我的呢喃裏，已悄然地滑入無憂的夢境，正細釀着一個甜美的神話。妳的頰邊，靜靜地躺着霞般的輕羞。未來的千言萬語，那輕帆般的柔情，還待向妳夢裏低訴呢！

夢的迴旋

離別才幾天，彷彿已過千年，漫漫長夜裏縈繞的只是相聚時的喧歡，同時也充滿着生別離的痛苦。或許，離別是性格的試金石吧！每天，我案牘勞形，一些人事的無奈頗爲傷神，晚上又想法將自己麻木在無謂的追逐裏，以排遣疏狂寂寥的心緒。一個詩人像處在四野風狂的虛空中，四無憑藉，而身形飄搖更欲墜落，妳能用愛的願力來支撐我嗎？

今天我讀着黃昏，一首後主詞悠悠流過心頭，往事只堪哀，對景難排，秋風庭院蘚侵階，一桁珊簾閒不捲，終日誰來。當眞是終日誰來，未見妳步着黃昏而來。在這樣蕭索的景色裏，我的詩情正如一首淒傷的小令，而妳在遠方是否笙簫相和。四野漸漸沉黯下來，彷彿是天涯遠遠的邊愁，而我悲立在一片相思的風中。願妳能常靜靜地躺在我的吟聲裏，因它的廻盪能盈滿妳整個人生。

在這悲亂的世紀裏，不要用「我想」來追尋，用多餘的情感來關懷那濁世的苦痛，那些悲哀無告的人們，喪亂離亡寫在無望的臉上。人的一生，總要經歷戰爭。那時很多人將後悔未享受此刻心靈的平靜和喜悅，在知情交融裏提升精神與人格，却汲汲於追尋茫亂的風暴，而生命的經驗徒然等於短暫的風暴。人生的經驗永遠足够成爲一個偉大的藝術家，而他留下的該是生命之光，不是零亂斷碎的經驗。廣宇悠宙都是我們心靈活動的征塵，綿渺的時間，無限的空間都是我們藝術經驗的大舞臺。精神的領域是無疆的，而生活經驗在動盪間不斷傳遞交替，永遠不要悲嘆因缺乏生活經驗而無法成爲偉大的藝術家，懂得如何尋找不變的人性，標示永恒的價值才足稱偉大。偉大不在經驗，而在運化的精神。

今天夜宴送人退伍，當兵的種種懷情湧上心頭，惜別的話語，教我既懺情且感動。在杯影交錯間，我們歡情地擊掌而歌，塵事已被激顏遺忘，留下滿桌的煙霧令人回味。人生往往由錯謬帶來痛苦，由相聚帶來回憶，痛苦與回憶交疊時，生命已走到另一個峰頭，而成熟往往意味已不再情眞。記不起年輕的激情是如何被喚醒的，騎單車回去的路上，我的靈魂昇揚如鷹隼。回到庭門時，驀見一隻螢火蟲帶着搖滅的小燈籠，輕掠過牽牛花漫掩的廢舊鴿樓，姿態輕盈曼妙，恍悟卡通童話那個美麗淘氣的小仙女，都於這種情景下得到靈妙的點化。

我睡了約莫一個鐘頭，起來正想打電話給妳，正在着衣之際聽到電話鈴聲，多奇妙的電流在空間裏廻旋，自彼端遙傳妳熟悉的慰藉，傳送着默默的關懷與祝福。在異地的深夜裏，我靜靜地抽着煙，諦聽收音機的交響樂的奏鳴曲；一種奇異的情緒湧上心頭，突然令我想起曠野裏的施洗者約翰。朝向光與熱，這就是詩人的一生。在妳遭受現實經驗磨洗之際，能忍受那種焦灼的痛苦嗎？請跟隨我探索的足音，一種神聖的召喚會化成妳前趨的力量，我將對着大地傳揚情感的福音。

美的變奏

忙了一個晚上，把小屋附近的環境整畢。淋浴時傾聽水龍頭清遠的滴聲，月色皎皎地自鏤空的磚洞映射進來。浴罷走回庭院，却見我養的那隻月兎，毛皮泛着朦朧的霜色，像來自遙遠的天外，斜趴在微露的草地上。在寧靜中有流動的感覺，我也有貝多芬譜月光曲的衝動。想起此時，妳亦該在遠處的家中，靜靜地縷述着自己浮動的思想和感情，或是浴罷梳理着捲髮，而甚至妳想拉開嗓門低唱回憶的旋律，都當在流動的月夜下進行的。當然，我想最好的是，妳沖泡一杯咖啡，坐在桌前懷想着我們青春永戀的情懷，在凝望的眸中盼望着出發，並且就把它寫定下來，像從質料蕪雜的情緒礦石裏，採摘出鑽石晶瑩與斑斕的情感，或者只是靜靜懷想着這一年多來的戀情，在低廻中籠罩着初情的喜悅。

在愛的陽光裏擁抱我，因我的愛不是生命的陰影，它將領妳走進創造的大門，把妳貧瘠的生命幻變成神話，讓一個藝術心靈的胚胎慢慢成形，而往日腐朽的生命死去，眼前躺着全然嶄新的際遇。以往，我啓導妳用「新奇眼」照看切身的經驗流，因爲一個藝術家就是能對生命的任何片段皆能創造新奇感的人，像初生的稚嬰面對陌生不可解的世界，伸動摸索的小手自虛空中抓取形象，而領會創化的新奇。當一個詩人的理想愈近現實的急湍，愈感覺價值浮動的振盪、情感磨折的風暴，故我寧保詩人的赤子之心，希求妳那份純眞的愛。而今天，若想走進滾動流盪的經驗裏去，首先要有忍住寂寞與打擊的勇氣，因爲在流盪的經驗裏是無法寫作的。而在價值浮動的時候，也要貞定自己，因爲妳若不像座山，就會被經驗的暴風雨粉碎，我今天也更期盼妳那份成熟的愛。因此我當以永恒的愛來幫助妳創造青春的回憶，並成爲妳精神的中心力量，使妳不被經驗的激濤掀翻。如妳欲看動盪的世界，請妳伸出雙手，讓我引領妳通過洪海，但妳的心緒不能化做浪花，要像座沉穩的山。浪花瞬息幻滅，妳可以去感覺痛盪，像飄搖的舟身，但妳的心靈要化成大地。

我曾倦於創造經驗，因它曾使我遭到數度變滅的痛苦，我深知經驗的大流既含蘊不朽的創造，亦含蘊永恒的毀滅，在經驗間創造生命的智慧，總存不被毀滅的僥倖。沉穩的前趣，以敏銳的感觸直覺將經驗的微小波動創化成動盪的情感流，是藝術家求和諧智慧的圓滿方式。但我以永恒情人的戀情來祝福妳，讓妳參與靜的孕育，也同時參與動的幻滅，讓妳在人生的風景線裏，一手溶着月光，在掌心感覺那份溫涼的孕育，一手溶着陽光，感覺那份灼熱與燒痛。這樣妳的生命裏，就有了光和熱。用妳的手，緊緊握住我的手，因經驗的大門打開，妳將見到生命價值的座標系已在虛無的眞空中擺盪。爲什麽中國藝術家對一切自然和生命現象，只在凝神不紛的情意直觀中契融，而不參與變動，因這個大門打開，妳將看到眞、善、美的霞彩已沉落湖底，梟魔在黯夜裏嘿出邪惡的回聲，而他的黑舌正捲出風暴，山欲倒、地欲動、海水湖水欲翻捲，地獄正踏着風火輪而欲蹂躪一切。請妳緊緊地握住我的手，力量將自我的掌心湧入妳的。

黑夜中請勿駭怕，我的手將是妳的燈，引導妳穿過漫長空寂的長夜。深深地凝注我，因我的眼光將在混沌的現象裏，讓妳創造出一套生命飛行的系統，而能承受情感高空的孤獨稀寒，只要與我並肩飛行，妳將不致無助。我期待一次成熟的愛正啓動生命的菓，新生的力量將啓動一切。

「美將拯救這世界」。什麽是生命的美呢！讓我們並肩在此，坐看雲起吧！

初戀詠

這夢幻的水火，是生命中荒謬而偉大的神話。

我們曾歡樂地迎迓青春，渴企着愛情之鳥，永久停駐心湖。那形像如彩蝶的翩飛，那聲音如鳴聲宛轉的春林，沉睡的大地甦醒了，長久童騃無知的心靈，突然綻放着初春的陽光，一切雖懶洋洋，却富饒飛揚的韻律。愛情的蟄動，或許就是生命的初春，這亙古來最神祕，也最神聖的傳說。我們提燈，遍遍尋着喚着，生命裏的一朶蓮影，那幻像彷彿無處不在，却無處可有，要再去尋，那蓮影彷彿已到跟前，待要去牽時，那蓮影却已成爲書房窗外的一聲簷滴，驚醒恍惚的夢境。而那蓮影，永恒的光，不滅的熱，却常盈駐心頭，在冥想的光圈裏擴大，像秋水的明眸，像西湖的明眸，湖光瀲灧，願長醉潭中。那蓮影，是我們孤獨的情懷裏永憶的心象；曾傾飲我們青春的噴泉，曾令我們羞見往日的零落。

一朵清蓮出水來，那是夢的女神，是在渴望中浮昇的幻影。我們冀望那蓮影，常成懷中的一朵溫馨；雖然可能只是一瞬，但片刻卽是永恒。我們難忘澀羞的偷瞥，那繫情的背影將永遠在憶戀的眸中閃動；我們難忘長夜徘徊，一串瘖啞的吶喊在喉結滾動，只有雨波瀉蕩，無人，無人，獨自悵望着亮燈的閣樓，雨中淚中，而伊人或已沈睡；我們更難忘午夜的繾綣愁思，無法排遣，終於用針在自己手上刺劃着刻骨相思，血中淚中，一滴滴苦楚襲上心頭。我們愛沈醉在午夜相擁的時刻，愛心直對天地；我們愛囘味那顫抖的初吻，轟然有如雷聲，啓綻了初春的活力；我們尤愛囘憶兩對眸子互凝的那一霎那，最神祕的一道閃光。其實我們最難忘的，是徘徊在生死之間的愛情，最令人囘味的，是我們曾付出眞摯的情感。

或許初戀的旋律，總是由激揚歸於沉鬱，這夢幻的水火帶來了最偉大的荒謬。我們慣於隔着距離賞花，却常難知這朵青春之花迸放的痛苦，我們慣於甜蜜，却不知我們將要飽嚐淒苦。因爲我們對愛本來無知，眞愛却要通過火的歷煉；我們未知追尋的歷程，我們總設想可能的幸福，那却可能是一場風暴。純潔、天眞，那是初戀的心情，也是新生與毀滅的邊緣，在幸福的眼裏，我已豫見一個災厄的幻影伴隨着朦朧的火光，誠然，火光可能照往高處的路上，但火焰的焚熱也可能毀滅青春之樹。那是天堂的煉火，也是地獄的煉火；那是天使手上祥柔的白燭，也是魔鬼手中猛烈的火炬。在溫柔的呼喚裏，有暴烈的颷風；在深情的凝視裏，有淒狂的焚照。那是血的精義！

但我們憧憬初戀，並不是慣於痛苦。我們恒常懷念永遠的、不再回頭的回憶，因爲那是最美的，因爲它永遠叫人心醉。我們的青春，恒常在微笑和眼淚中閃動，在含淚的笑與含笑的淚之間，有誰能眞正了解，一個脆弱的靈魂曾徘徊在生與死之間；有誰能眞正認淸，這是一段兩極的心路歷程，不是創造，就是毀滅。除非我們已不再情眞，失去了原始的幻覺。淚與血的回憶，使人心醉又令人心碎，那夢幻的水火！

愛情詠

愛情中神祕的瞬息，點染平凡的人生，成爲偉大的戲劇。午夜，您醒來，淒零地坐在床邊。對着泡影陳蹟怔然發呆，春夢已悄然逝焉，幾朵蕭瑟自眼睫飄落。它可能是一場夢幻，却擁有眞實的層面，因爲它來自最眞摯的情感，每一個青春的靈魂，在美的理想中均曾顫慄的期待，那「靈魂之眼」神祕地綻露生命的訊息。就在默默凝睇的那一刻，自瞳孔的最深處激撞出醉人的火花，您知曉生命之祭師的預言已翩然降臨，福焉禍焉您全然不知，就像祭師深望着水晶球一般，誘惑的魔力已籠罩着您。醺然間，您安於命運的法咒，更沉入美的幻境裏，幸福地前瞻未來的歲月。

童年的夢幻依然在年輕時搖晃着燈影，旅程裏任誰也無法拭去青蛙王子或白雪公主的圖像。純潔、高貴，這就是愛情的象徵，因爲愛情本就是一椿祝福，並且祝福每一個人生。每一個平凡的人都曾燦射眞情的火花，而在暫時的火光裏，我們的確窺見永恒。一抹苦笑的泡沫在您嘴角蔓延，淚眼正悵望着星空，一朶夢之花墜落在您額頭，這是愛嗎？在無邊黑暗的歲月裏，那彷彿是一道不滅的閃光，照亮迂迴的深憶，讓您沿着心靈裏動盪的伏流，作回想的遐思。

痛苦和快樂，就是愛情的圖象；淚和笑就是整個過程的寫照。當您說：「我願」，您已翻入永刼的輪迴。痛苦曾焚燒您的身軀，您的眼睛已看見煉獄的淒紅與黑暗；快樂曾浴洗您的靈魂，那天堂的榮光已展射在您的未來。您渴望着相融啊！像種子正在爆裂，幼芽欲去觸吻着土層，自深深的內部，顫動着痙攣的渴望，要掙破硬殼，作精神的飛昇。

昏昧無知的愛，才是幸福最大的危機。在刹那的狂熱裏，您可以在夢幻中編織您的未來，作最幸福的想像，夢幻並不可怕。當夢幻已成泡影，您橫眼一看，雲橫雪擁，茫茫間已無情感的歸路，這種空洞的情境才是最可怕的。您可以在狂醉中盲目的奉獻，作最偉大的犧牲，犧牲並不可惜。當犧牲換取的仍然只是卑視，喚不回的將是高貴的情感。在褪色的年華裏，浮景流年，您所擁有的，只是一個幻滅的殘夢。

我們當珍惜情感，眞誠的創造生命的回憶，通過苦難，達到幸福。愛情的誘惑，誠然就是殉道的精神，完全的愛，就是可以稱羨的高貴。如果有兩扇門通達愛情，一扇通過地獄，一扇通過天堂，誠然可以免去選擇的誘惑。但如果開了天堂的門，却走了地獄的通路；開了地獄的門，景象忽變，您已在天堂的路上，就不免要怔忡及懷疑了，而這全都由「偶然」牽縱。眞愛，是沒有天堂和地獄的，愛的兩端，一端是希望，一端却是破滅，一把熊熊的熱情就從中央開始燃燒，任誰也要賭咒這個偶然，看是先燒到希望，還是先燒到破滅。這本是一個使徒的歷程，因此不够堅貞的愛情，要受到考驗了；沒有信心的愛情，要受到試探了。當您拉着門環時，或許一個多變的命運已抉擇您，是否您有足够的毅力，冷靜的面對災厄。

凡是接觸到生命眞實層面的，定然超越時間、空間，時間空間亦最足以澄清愛情的本質。有眞愛的，流浪的時久，漂泊的越遠，愛的感召却越來越强，那愛才開始有了全新的視野，它才超離了肉體的慾望，凝成了精神的安定力量。於是您幸福的期待，在天使般的讚美和祝福下，您將走入愛的天堂。您徬徨游移，在條件的選擇下游目四顧，您不願將自己投入眞誠誓願的煉火裏，歷盡艱難而得愛情的永生。虛假的人享受不到眞愛的喜悅，您將因貪婪受到無愛的懲罰。

愛情豈是一則神話，也實非夢幻的故事，它正來自彼此心靈剔透的了解。縱有痛苦，才能了解眞愛的可貴，最後要達到容忍與互敬，恰像生命的美學，要能均勻與和諧。我們常以爲那就是愛了，其實愛是遙遠的歷程，愛的意志是向前的，如您曾眞誠的愛過，那深情的祝福將永活人間，且迴響將盈滿天地。

雖曾有過痛苦，但那是希望的歲月，也是沉醉的歲月；雖曾有過幻滅，但依舊是未來發泡的雙眼，所能擁有的最美的回憶。即使失敗，您的眼眸依然溫熱，依然永遠的祈禱，那甜美的祝福。

淒情詠

太美麗的夢，常是倏忽的幻境。

曾愛過，曾恨過，也曾淒然的永別過。即使時遷境移，江湖永憶，那仍是一組纏綿悱惻的旋律，令人情不能已。我們走了，不再哭泣，縱使這曾經美得太像一則傳奇，但我們無淚，更不再回首，因回首也招喚不回那季的春色。而夜夢聞雨，醒來猶憶夢裏相逢，覺耶夢耶，令我們躊躇的，還是那永不飄零的憶念。

我們抱着忐忑的心情，走上美的旅程，原不知隱藏在時間背後的可能的悲哀。而當我們付出全幅的情感來擁抱愛時，却不知命運可能會給予的淒然的夢魘。我們都像個不回頭的烈士，把自己的眞情像骰子般的投擲，但誰都無法預知點數。而漫長的心路，壓縮成龐雜的情境，只飄成午夜枕邊的幾朶魂夢。撩人，撩人，怎麽的一種情愁。

的確，我們依然難忘那已飄泊而去的情愁，從最初的歡戀到最後的悲離，該是一段漫長的心路歷程。然而開始的奇妙的顫慄，却永遠寫在淒其瞳眸中，我們難忘閃現在蒙太奇幻境中的往事。是什麼力量的吸引，讓我們的雙臂環成纏綿的回憶，我們的雙眼互相凝注，彷彿已成永遠的雕像。我們互相携扶地走過雨中，恍若無人，而伊人也已沈醉。我們曾以擁吻讚美壯麗的羣山，衆鳥自身邊迴飛而上，我們曾以私語安慰靜靜的墓園，遠遠的街燈在霧中閃漾。我們曾像對嬰兒，在春的搖籃裏嬉戲和喧鬧，也曾像對久別的親人，在長夜裏相擁而淚落。點滴細事，總像是不絕如縷的憶念，沿着夜夢的邊緣，照亮了心靈的深處。而幾回魂夢，仍繚繞在初始的形相，驀然發覺：愛的天涯已盡，夢裏暫相逢。

或許這主題，原是由漫長的情節來開展，回顧來時路，我們原無法了解那長久的忍耐。青春的情懷常帶稚氣，我們所追尋的，却是生命的遊戲。我們像是童子，顫巍巍地在歲月上走索，對身邊的危險仍茫無所知，直到摔下後才怔忡而哭泣。我們回索歡樂的時節，原不知道憂愁；我們回索青春的年華，原也不知道等待。我們原來慣使小性子也容易負氣。那時對於愛情的理想，原來都是患了自戀的絕症，一味堆粱着自己的美來扞格對象的醜，使愛情破滅的，原是缺乏寬容的質素。我們昧於個性的貪婪，自迷於新奇的誘惑，隨意地發酵美感的幻覺，而慣於憤怒和輕離，使愛情無常的，是青春無定的個性，原也是缺乏忍耐的雅量。那時候，我們多麼像個傲慢的天神。

而這種幻覺，本帶着兩極化的傾向。是同一種力量使偉大的夢幻劇開場的，也是同樣的力量使它收場。我們既體會到了神聖的瘋狂，也體會到了醜陋的迷執；它可以成爲最高貴的眞實，也可以成爲最可卑的虛假。我們像同時在溫暖的谷底和冱寒的極地。當情遷夢移，往事不再，從變換的心境裏逐漸脫胎換骨，彷彿成熟，却失去了眞情。我們終於了解了寬容和忍耐，但情歸何處？

一朶魂夢憶相逢。一揮手，哽咽墜落在兩地的夢境裏。無盡的祝福，向那來時的路上。我們仍淒然地向虛空尋找，那縷芳非的花魂。

懺情詠

曾在我們眼底燃燒着火焰，曾使我們溫暖的心谷忽籠嚴霜！曾讓我們魯莽得像深山的野漢，曾讓我們茫然得像無知的童子！曾令我們完滿自足，也曾令我們卑微無助呵！當我們在冥想間唸動着時間的符籙，催動了迷煙似的情懷，對已然空盪的舞臺，對消失的過去，似又回復令人錯愕的情境，那使人心驚的戀情；在空濛裏追逐着悲美的幻影，我們愛玩「影子遊戲」！

夢與美交疊，我們想那可能就是生命的大美了，但那種近乎無知的純潔，常是童騃的樂觀，在彷彿永恒的心境裏，却像是「偶然」手上玩弄的傀儡，而愛與死滙流，或許我們應悔早偷靈藥，常抱有以瞬息的青春殉美的心情，以華美的生命殉愛的熱情，空留下一千個惘然的夜夢。我們誠然太早去追逐幻影了，而盡情的燃燒青春，使生命的熱情顯得匱乏。青春的愛戀常是幻象，而成熟以後才知曉眞義，可惜眞情不在！

曾爲負心人，也曾爲痴心人，在水的無情與火的有情之間歷經迴轉，僥倖生命之火猶留有熱情！當我們淚裏回看霧中花影，而非花、非霧，一切俱已渺茫，天地間只留下當時的惘然。易於飄失的夢象，却留下不滅的心影，我們該怎樣詮釋那段迷惑呢？

愛情原是從眞實的人性出發的一種可貴的情感。當一方的情感在虛無飄渺間，愛情就要淪落成幻覺，在其中造孽的，是我們善於堆設情境。而雲深，雲深，幻覺常在有無之間，我們原愛對着碧海青天喃喃夢囈，所以易於悵然若失。因此値得驕傲的愛情，原是眞情相互充實的凝注。當一方的情感突然撤消，失戀的情夢了無歸路，飄魂嗟哉宛若轉蓬，人世間將淒然地永抱末路的情懷。失戀的情境是被虛無和死亡所映照的。

每次的愛情總是如此的戲劇性，髣髴我們總擁有一顆顫慄的情魂，因爲敏銳情感的相互的纏繞與糾葛，所開展的情節常出於情理之外。而人性的情感本如此單純，但當熱戀在進行當中，一個原不相干的質素突然的加入，却使得原已定向的軌道開始變向，這種錯折與迷離，就是將傷情的初始啊！

那遙遠的戀情，顫動了靈魂的深處。在明月與滄海間，不知何處泛起了幽怨的潮聲。我們像曳航的水手，子夜裏伏在艀板，俯看着跳動的潮浪，心情的起伏原像船身的傾盪，任那渴望流浪的心情此刻若歸鄉的恬靜，但寂寞將把希望安葬。在無邊的海水中，我們不知起點與終點，流浪就是歸宿，而大海將是墓場。

是的！我們終當懺情，我們把生命的活力浪費在向外追索美的感覺，妝點着青春的歷程；却忘了——將自己創造成美的靈魂。

夢情詠

最初的印象，常是最難磨滅的印象；而最使我們感動的眞情，也常出沒在輾轉徘徊的夜夢中。

一個夢，竟然是永戀的心境，長縈繞多情的流水年華。我們遙想初情的佳侶，那嫩滑的臉影像燃燒着火光，照亮了心的深處；那刹那的閃光，竟成了生命的永憶。當我們想長擁有甜美的祝福，它却常像滑失了軌道的綺夢，忽在生活的航向裏消失；當希望已成泡影，絕望的淚水沿着木然的臉頰淌下，我們極力地想遺忘昨夜，但它却像盤據不去的魅影，棲息在每一個呼吸間，隱藏在情緒的背後，使我們淪入虛無般的悲情。這柔美而淒然的憶念，眞像惡夜的怪客，擅闖心扉，啃食着我們的活力與精力，與時間一起生長，且越來越猖狂。在這魔影下，我們尤將怵目驚心，彷彿失去了創造生命的能量；那原屬於青春的，火樣的激撞與冲擊，好似在黑色的背景下悄然沉寂。

這魅惑我們的夢情，曾疊現了生命初期的美感畫面，在黑夜怔然的眸影下漾動。我們難忘那對清澈的大眼，眨動着無塵的清純，當水般溫滑的柔臂，交互盤繞上頸際，裸膚初接的電樣感覺，就像一場暈眩的風暴，讓最陽剛的力量也化做柔情蜜意。當欲吻還羞的心情，混合着顫悸的心跳，終於兩唇相接之際，彷彿耳鳴，讓兩臂的交擁迎接一個嶄新的世界，心房傾聽着心房，嘴唇傾聽着嘴唇，細訴最動人的心曲，急促的呼吸奏起了二重奏，但使兩人神經抽緊的，却是同一個動力。最恒久的一個吻！在小夜曲低迴的時刻，一對對漫動的舞影退入黑暗，祇留下這一個愛的天地！那貼耳的細語，其實是最無聊的童語，却產生驚人的作用，煞像是稚童們相互逗弄的小遊戲，但我們常安於自以爲莊嚴無比的幻覺。當唇吻沿着耳輪的邊緣滑過，時而撫觸到耳垂，那輕柔的嗓音將盤繞着中耳膜，迴成不滅的渦漩，而那滑膩的快感，清迷的幽香，將牽迴起靈魂的永戀。

或許我們也曾憶起：在鳥語花香的春風裏，貽蕩着醉人的甜味，無雲的天宇下，交臂成枕，喃動的唇角牽動起忘憂的夢境，在翠綠的脩竹前，恬足地陶醉而假寐，任可人的竹影遍染了擁着的身影。當路人按歌覓影，看我們爲愛沉醉，亦爲那醺然的忘情，作知情的微笑。或許我們不會忘記：那勾指爲誓的時刻，在相凝的眸與眸間，在童心與誠心揉合的心情下，指天畫地的說些比翼與連理的話頭。我們更難忘記：那唇吻疊印唇吻的時刻，在長河漸落的時候，讓所有景物都閉上眼睛，傾聽舌頭翻起的潮聲，而精灼的羣星，也像多事的少年呢！

曾是人生全新的展現，純潔的情感自童年沿伸而來，但我們第一次學會同情地關切到別人的需要。我們終於敞開了靈魂，赤裸的擁抱着美，緊緊地繫情根著的大地，用愛心來回報周圍善意的人羣。當我們以愛來認識世界，六合刹時充盈美的回應；沉寂的大地說話了，花、鳥、山、水都開始笑了。這的確是生命的春天。

但美燦的春天常不恒久地祝福青春的情懷。在生命的層次中，我們的心境也常像遞變的四季。冬天的時候，一種蕭疏的心境，沿着時間的邊境淒切的回味和沉思，彷彿曾有錯愕的驚遇像美麗的煙火，傳達某種新生命的訊息，但霎時天荒地遠，狂風裏衰黃的蔓草似亦效人垂淚。猛省時，人車喧鬧，原來還是在嘈煩的紅塵裏，在朦朧的視網中，街頭影動，疑是玉人，熟悉的臉龐利刄般自心邊擦拂而過，我們驚悸的撥人探覓，却只是無關的路人啊！

夢情！那夢情燃燒着，像永遠的陽光，熒亮了心靈深處！我們慣於回憶，只是向過去尋找安慰，並非遺忘了未來；像面對着末路，我們將學會：將這美麗的戀結，化做出發的動力，而珍惜此刻的每一個脚印。

頌歌篇

1

如同生命的追尋者，黑夜裏仰望着靈魂的星宿。如同信仰的追尋者，曠野中遙望着遠方的耶路撒冷。愛情的追尋者啊！我們渴望着美的結合，那在幻情中燃燒着的島嶼。

2

夢幻的潮水，翻動連夜的心情，顫數着微波的情紋。在幻化的水影間，幸福的預示了將啓的命運，水鳥的鳴聲、瀲灩的波影均將異於昔日，這是嶄新的流程。

3

當懷着怎樣的心情啊！如沙漠中疲渴的駱駝商隊，發現了解渴的清池。讓脚步疊映着想像的情境，走上美的旅程。

4

每一份愛的誕生，由神秘的催動，含有期盼和等待，以及讚美和祝福。那春水的眸子或是一種新生的啓示，力量的泉源。

5

在那初情的一瞥裏，就顫動着花訊，激起純潔的渴望，去揭開神秘的面紗，在一種神聖的衝動裏，在一種沉緬的迷醉裏，這不是戀情的初始嗎！

6

甜美的夢想，躺在那閃爍的星瞳裏。一番羞怯，一番迷惘，幾番夢樣的風味。

7

愛，是千種情懷，萬般流轉。是連波的潮汐，帶來暈眩的喜悅。是在輕夢的枕邊，數微痕般的情紋。愛是永不遲疑，瞬間春夢飄零，幻化作一顆月桂樹。

8

彷彿是在乾旱的沙漠，彷彿是在風狂的山嶺，彷彿是在溫暖的谷地，彷彿是在春風的田野。每一刻都呈現着全新的風貌，使生命呈現着全新的視野。

9

躍入愛的漩渦吧！在狂喜和驚駭中淹沒，在渴望與絕望的極地裏祈求美麗的昇起。生命的青春之戀，敲響了幸福的花鐘、充滿了胎動的喜悅。

10

「妳」的靈魂，當走入「我」的，正如同「我」的靈魂走入「妳」的。愛裏只有一個燃燒的靈魂。

11

在天使的國度裏，我們將合而爲一。

兩個偶然，創造了一個必然。愛是偶然到必然之路。

12

愛之追尋，來自生命的動力；若沒有愛過，很可能是說，你沒有活過。我難以想像生命裏會缺乏這種質素。

每個生命裏，都有這個古老而永恒的傳說。

13

如果沒有詩歌的美，很多人將不會有宗教信仰。如果沒有詩歌的美，我將厭棄這個可憐的人生。而愛情，常洋溢着詩歌的美。

14

偶然間，似遠了；恍惚間，又近了。總有一天，我要帶着所有的愛和美，歸回永恒的居地。

15

那是火的時代，也是水的時代。有生命熱情的火種，也有死亡冷寂的夜露。我們從生命的中心開始燃燒，一端燒向希望，一端也同時燒向幻滅。一端是熱情，一端却是冷却。

16

初戀，從心靈的山脈裏突然崩湧，創造了理想生命的藍圖。同時却像崩動的岩層，含有毀滅的本質。

因爲那不外是心靈底層純情的幻象投射。渴求原始的美感，互將對方浸潤在幻想與美的膏油裏。

當戀情不再，當美感消失，也將破壞理想生命的幻覺，而帶來永恒的哀感，銘入生命永不磨滅的心版。

17

淚眼裏，依然可以望見一個愛的天堂。

18

在偶然的邂逅裏，尋求瘋狂的美麗。在誘人的胴體上，尋求短暫的迷醉。在粉紅的燈色下，尋求原始的刺激。這些都是把貧乏和傖俗寫在愛情的額頭，把慾望和衝動朽抹愛神的臉孔。

19

大地都在期待，一種美妙的誕生，將啓動全新生命的流動，使天地孤獨的創造成爲和諧圓滿。這回聲敲擊着大地，遙應着宇宙脈搏的律動。

20

這個天地映照着堂皇繽紛的奇采，幻光流霞嬌妝着渾沌莽蒼的大塊。整個奇瑰的世界，如紅泥染着初曙，原始而綺麗。當一種太初的力量推運，將啓動神話中的誕生。

21

互相凝望的人兒，你們的深情，將是宇宙的生命之光所凝聚。在時間之外，可以感到靈魂的核心將有偉大的震盪與波動，這種愛力催動着生命的成長。至愛不渝的情侶有福了。

22

有種火鳥，又名不死鳥，生來就爲了愛和創造。當牠在愛裏自焚，你能聽到那婉轉的吟泣嗎？以及那陶醉在痛苦裏的快樂？痛苦是爲了創造。我們因愛而生，爲創造而死。

23

當聲音和時間一切靜止，只有懂得愛與創造的人仍然屹立。

24

有眞愛的，離開的越久，漂泊的越遠，愛的感召却越來越强，那愛才開始有了全新的視野。

25

像一粒火邊的種子，正在爆裂。你必要忍受灼熱而抽芽成長，直到枝繁葉茂，則過去的痛苦將瑩亮你的愛情。

26

這是一個多麽壯麗的時代，讓我來宣告愛情的福音吧！偉大在於忍耐，不朽在於堅持。當幕啓時，我們微笑與哭泣；當幕落時，我們忘了鼓掌。這原是一齣動人的悲喜劇，我們却不是觀衆。當我們戀愛，一段不平凡的境遇就要隨着錯謬的情節展開，我們可以讓它成爲雄渾的史詩，也可以讓它成爲淒婉的絕句。使愛情成爲神聖的，正是忍耐與堅持。

27
惑於迷亂的情感，將使愛情懊悔。

28
在愛情初始的萌發中，總是原美的心靈挑激起的。所以初戀才成爲可高貴的，因爲那段縹緲的歷程自心靈始亦自心靈終，帶來悲歎的永憶。所以單戀也成爲可高貴的，因爲那段虛幻的歷程自心靈始亦自心靈終，帶來唏嘘的永憶。這些就是最可把握的美了，曾被生命的榮光所照耀。

29
合乎道德型態，有合禮的信條；合乎宗教型態，有虔誠的祈禱；合乎哲學型態，有理性的辨證；合乎文學型態，有神聖的創造。更兼容了舞姿的陶醉而曼妙，音樂的感動且飛揚，雕刻的雄渾或細膩，繪畫的浪漫和亮麗……這就是最豐富的愛情了。

30
用眼淚來經營愛情，以痛苦使愛情昇華。眼淚裏閃耀着的旅人的影子，永遠是歸鄉的情境。

31

沿着靈魂的甬道，聆聽動盪的簫聲溯耳膜迴昇起感動而溫暖的撞擊，重演出原始動人的情節，祝福這聖潔的浸禮。

32

纖指撚動着彷彿的絃聲，使我的靈魂顫抖，深欲挑起懺情的舊境。恍如隔世的情夢裏，眼底浮昇的幻象，竟是初戀的佳侶！

輯四

陽剛的詩魂，

逡巡著一葉滄桑。

插畫：陳栩椿

風雨故國

又是風叫雨吼的日子，颯颯的風雨竟咆哮得出秋聲來。一顆顆米粒大的雨珠，就落在無遮攔的脖子上緊鑽，再加上刮鬍刀般冷冽的尖風，在你的面門上直刮；這種日子委實不是未來過山岡的人們所能想像得到的。因此一到風雨季，日日夜夜，岡上就是一片風雨蕭蕭。

秋，是令人感傷的季節。百木凋傷，能觸動多少人的愁思。縱在雨餘之後，仍有簷滴嗒嗒的低訴些許幽怨，況加上風凌修竹日夜不斷，彷彿羣嬰哇啦哇啦地痛哭，更難以分別這是秋季，抑是愁季。

白天，在岡上，是一片漫天捲來的飛雨。所謂飛雨，定須有風，方纔飛得起來。風助雨勢，一支支勢若飛箭的冰矢，倏乎就直撲面頰，這時全身彷彿就浴在冰水之中，再沒有一絲溫暖，只剩兩隻冰手緊緊的抓住衣襟，曲身如蝦急急而走，又那有餘裕去撐傘呢！這時岡上的雕樓重閣飛簷流雨，彷彿就是風劫雨劫之下的一座孤城。風聲疾若刀嘶雨似萬點劍芒，就點點絲絲地刮着割着這座古城的愁腸。一顆晶瑩的雨珠爍亮起故國多少塵封的辛酸往事，夢裏的記憶就被雨手風臂頁頁撕開，這時才恍然發覺，昔日的塵煙起處，哪是渭城的朝雨挹輕塵又哪是江南的飛花拂亂鶯呢?!從前有個白頭老人，也曾拄着龍杖在飄渺的飛樓上發千古的悲情；如今我對着宛然的故國城闕，却也不禁青眉斜擧，意氣飛揚起來，好像我是一個鬢髮飛揚的年輕劍客，挺劍與無情的魔風鬼雨廝鬪，青衫就揚起在背後的光年中，我竟成一呆立的劍神。遐想也終歸僅止於遐想，任我縱有千刀千手，又何能撼動這勢若雷霆的疾風勁雨。

秋的山岡，是一個崇拜風圖騰與雨圖騰的民族。風暴雨狂，則衆首爲之披靡，也惟有龍樓鳳闕在凄風苦雨後仍屹立如昔，黃花細草在滿目蕭條後却欣欣向榮。盈亮的冰珠亂飛在飄渺的城樓上，彷彿交織成一座銀城煥發着傳說中不朽的光芒。風敲雨城，冷冷地吹動千年寒意；風雨千年，總令人想起千年來家與國。一個浪子敢於冷風冷雨中在華岡道上斂眉垂首時而小立長吟時而徘徊高歌，也就只因爲在風聲雨聲中才益發地肯定和感覺自己是眞眞確確屬於那個風雨的民族的一份子，而怒吼出民族的聲音來。風非前風雨非昔雨，每一次風雨的逼凌，總有一番椎心泣血的感受；無論劍客或浪子，一生中能年輕幾回！只怕以後老來，再怕聽見風聲雨聲，再怕想見故園故國，又是誰的悲哀呢！

因此，每到秋天，我就如仰望神祂一般地祈盼那風那雨。呵！秋的名字是風是雨，是我心中久蟄的一個古老的圖騰。

秋興

今宵月正圓。清輝如花般地落滿陽臺，把一雙孤獨的青眸，照成兩盞蒼涼的羊角燈，在高樓的清風裏飄搖着；把瘦瘦的青年在背後映成長長的一個黑影，顫巍巍地瑟縮在牆角裏。寥落的幾顆寒星懸在夜空中冷冷地濺射下幾點悽愴。蒼穆的紗帽山沉沉地臥在不遠之處，成一隻碩大的黑獸，帶着些許肅殺之意盯着他，於是他感到自己是羣虎爭食下一隻瑟瑟縮縮的小鹿，一任那星那月那山攫食着他。他落在無邊的淒冷中。

空樓又是新月，故鄉也該是風起的時候了。夢裏的江南醉中呼喚的北國都化成一道清風，吹過烽火滿城吹過骸骨遍地吹過曖曖藍藍的中國海，更吹到一個青青的小島吹到一個佇立在飛樓上瞭望的夜遊神身上，凜凜千年的寒意彷彿都拂在那個獨夜人的肌膚令他寒不可遏。寒月遠遠夜風蕭蕭，恍若支支愁詩直直地刺入那雙多感的瞳眸成一朵哭泣的杜鵑，開在江南曉風殘月的岸邊。

在迷離的月輝中，他竟想御風而去，幻作一條夭夭矯矯的青龍，昂首長嘶着龍族千年的悲歌。大龍擺首在夜半對月長吟，唱成一聲長安城樓的悲鐘鳴成古國的一曲戰鼓胡笳。此時那冷冷的月輝竟似滾滾的狼煙，在邊城浩荒荒的四野裏矗起。一座孤城上，只剩着一張堅定的臉龐面對着喟歎的落日，唇邊滲出的血跡猶有笑意，他昂起頭來雙眉斜舉慷慨地長歌「滿江紅」。

開國諸公的遺像仍掛在雕樓長長的廊廡裏。黃花岡七十二烈士的熱血像赤兎馬一般地在他血液裏奔騰，遺民的怒吼書寫在亢揚的雙眉上。他恒是懷念大江南北岸高唱入雲的歌聲，義士肩挑着七億子民的生命。而今，革命時代的烽火仍晾曬於他的眉宇上，正義的歌聲在他的心谷裏激起迴響，潛於心中的丹心碧血就化成點點青螢迴遊於夜空，而後，他覺得有一顆明星自他耳後掠起。唉！如今縱吐出滿紙的激動憤慨，也難以書盡懷鄉報國的情緒。

那大漠裏的駝鈴，不知是否仍在淒淒絕絕地訴說哀怨。亘古的落霾落了萬年。乞顏部唯唯諾諾地躲在俄製蒙古包下取暖。黃沙淹濕那人的眉睫，而後他雙目再也奮睜不開。寧可寧可身在戈壁，抓把黃沙堆𡊮碉樓古堡多風霜的顏面，也不願在高岡中尋覓一番失落的滋味，那眸光幽怨的人啊！祇願撒土成風，讓復興的馬蹄，敲開廿八年鐵幕裏落落寞寞冷冷清清的寒意，讓淹沒在黃河的落月重新昇起，重振五千年的雄風……

而後，那個在國恨家仇上走索的青年，他的青衫就被狂風蕭蕭揚起在似有簫聲的月夜裏。而後，他雙眸如炬照着冷月寒雲夜城蒼茫，且在飛岡上木立成一座宏偉的雕像。

登樓賦

那天下午，太陽躲在烏雲間不見其首。滿天的灰霾壓下來，形成一種肅殺之氣。極目望去，遠方煙籠綠坡，一陣陣煙雨用冰手斜撫羣壑。隨後，這座山岡像給傳染到氣喘病一樣，竟也呼啦呼啦地急咳嗽起來了。斜雨如萬馬奔騰的蹄聲一般，咚咚落落個不停。千千萬萬支冰矢直撲過來，在臉頰上嚙咬着。頭上鴨舌帽作勢欲飛，按在帽上的右手陡地直降至冰點。寒意自右手臂降落，籠罩着雨中客在一季的溽雨裏的冷寂，此時縱有雨傘也抵不住急颷電矢一樣的淒風冷雨。風手雨手摧枯拉朽一陣，雨傘就再也不雨傘了。這樣的天氣，在樓上眞是種享受，目視之成色耳遇之得聲，不但可俯視羣山的蕭條，更可聆聽躞踖的雨兵風將淒絕不停地殺戮衆山。

一陣雨煙滾滾沸沸忽地排空倒海如龍之騰如虎之躍浩浩地遊過衆山，一滴滴霜冷的雨珠就倏乎地冰過臉頰。這種落拓荒蕪的美景，在岡上見得多了，倒也不足爲奇。只是每次的八荒風雨，又是一次結晶的憂鬱瓜熟成一種晶瑩的智慧。一把青髮雜遝的文人，有幾個是仁心俠膽的歷史志士，慷慨地嘔出滿腹心血。荒野中，一間酒店的旗招望風而揚。只要吐出一種他對故鄉孺慕之情的孤絕感，也是一種劃破時空的悲壯。思悠悠，恨悠悠；多少次的夢裏輾轉相思。北國的秋高蟹肥糖瓜祭灶乃至爆肚攤兒什錦雜拌到糖炒栗子，在夢裏都有一股寥落的淒切味，思赴揚州，夢返金陵。他的眸是西北定位的風信鷄，雙眉髯成那錢塘怒潮，而以枝筆爲舟楫作仙程的逆航。

他又想起了有一次的清晨，八時，攝氏五度的冷空氣下，登上陽臺而欲窮千里之目，結果濃烈的思鄉症又攫住了他。塵海中的一雙晶瑩的燈盞，隔着人海燈海以及臺灣海峽瞭望，多長的一段距離，羣山不可仰及衆水不可俯望，只有他在凌晨八時的陽臺守望。羣山在一旁翹首靜觀，看一個英雄翹楚如何來用力實現他的復國症，英雄終於是英雄，加之是在反攻心胸的凌逼下。淒楚的眼神定定地望向遠方，鬱孤臺下清江水，中間多少行人淚，但却連鷓鴣聲都不復可聞。髮在冷空氣中倏倏地抖着，千髮叮叮萬髮咚咚全向冷空氣撞去，髮族的千屍百骸在磨擦中引起鄉愁一場美麗的自焚。在思鄉情切的情緒中，落霧將一年一年地濛濛而白他的髮鬢。而他堅信，瞭望不能只止於一種浩荒荒的瞭望。

此刻，在山岡，依舊是八荒風雨來會。煙靄朦朦朧朧地慣性停泊在霧港。宮闕的建築成了霧中的孤城，到處感到無可抑止的淒冷，他思想的精靈却馭空而起電發而自那滾滾黃河的水邊。君不見黃河之水天上來，奔流到海不復回。浩浩蕩蕩似一隻在風雨雷電驚濤駭浪中的猛龍，洶洶湧湧以狂龍擺尾之姿舞着具震撼性的五千年中華文明。鼎鼎沸沸蒸發沸騰着炎黃子民的血系，在巴顏喀喇的頭會上，而蘊釀着無窮浩瀚滔滔不盡綿綿不絕的生機。一條長龍的歷史，彎成滾滾的黃河。看黃河如何立在秋海棠一道旋轉門口，支他爲軸看如何旋轉成三民主義新中國；看七億多人民的憤怒如何砌成一道堅固的拱牆，看一張張多風霜的黃顏面如何風轉成宇宙的中心。那時，四週的和平鴿羣哄然拍翅而起，怔望以愕然不信的眼神。

揚鞭向神州

在狂風暴雨之中，如何會有寧靜，只因我們憤怒的劍鋒常定定的指向西方。在神州陸沉之後，如何還能沉默，讓我們淬勵歷史的意志吧！

撫吻一下滄桑的年代，每個座標都是風雨的渡頭，每張飽經憂患的顏面都映着一幅淚影中的山河。干戈其後，祖國的版圖竟飄零在血的記憶裏。回首那個淪陷的年頭，一百多萬同胞自烽火的焦味裏憂惶地流竄，携來的是戰爭的腐臭，而非家鄉的特產。每條風霜的紋路裏，都爬滿思鄉思國的愛與恨，在黃昏、在清晨、在夜晚，在每個數不落的夢囈裏，從漠北的烽煙到江南的草青，歷史的風霜皆逶迤成一道民族的哭牆，慨訴着亂世的悲歌。在凋零的夢境裏有着悵望，在枯萎的年華裏有着惘然。在生活的焦土上，却仍懷抱着一丁點兒希望，要在未來的焦距上覓尋故鄉的影子。黯然的眼睛仰望成無告的控訴，在現實上更蒙上一層蒼苔。但是他們咬緊牙根，眸子爲了明天而閃亮，雙手在憧憬的花朶裏勤奮的工作。縱然離鄉背景的歲月裏佈滿了老繭，縱然妻離子散的時光裏綴滿了瘡疤，但每一條創傷的刻痕在海隅的土地上正豐收。汗涔涔是爲了今日生存的果實，淚潸潸是爲了明日凱旋的根苗；在怨與期待裏，只有肯定和忍耐能夠奪標；在愛與犧牲裏，惟希望和意志能够築成長城。把惆悵埋葬，收穫將是力量；把力量播種於土地，收穫將是血淚的勝利。對於每一個黎明，都是出發，默默地忍着受辱的笞痕，含着喪土離鄉的慘慟，埋懷念入瘠土，等待它裂土迸芽的掃清陰霾，芽尖朝向默默祈禱的神州。經過陣痛最久喜獲的麟兒，彌足珍貴；經過侵占猶存的國土，最足珍惜。在這小島，他們以血肉築成了鋼般的基地，以魂魄完成了復國的準備，縱使一生淒涼，但他們向歷史交付了最美好的使命；即使埋首溝壑，亦載滿塵世的榮光浩然歸去，誰說生命祇有一世，他們的臉上已烙上千秋。

年華的臉容裏，渡海來的青年人成了中年人，鐵馬金戈的壯年人成了老者，廿餘個斑剝的風雨年頭，在悵惘裏度過，時間的腐味裏再嗅不着風暴的氣息，壯志被歲月消磨、沉醉中換取悲涼，昔日刀天斧地的浩氣、臥薪嚐膽的奮發，早被十里洋場的喧闐淹沒，我見不着被狂風刻鏤的堅毅面龐，我見着被紅塵薰染的迷醉臉孔，雖然有勇者的高吟，終被多數紙醉金迷的聲浪掩蓋。年輕的一代沒有受過上一代的苦難，年老的一代也忘記了過去閃着淚影下的掙扎與奮鬪，未來不再在臉上發出神話般的光芒，祇在軟紅裏蛇樣的蜷迷，我寫過題名爲老貨郎的一首詩：

老貨郎

雖然最後他說
我依然懷念——
門閭前那聲熟悉的膩喚

吆喝買賣卅年的浪子
江湖寥落，作客他鄉
星一移、已多病兼老耄

「老嘍！不要疲累的太甚了」
每當入暮時分，老貨郎
佝僂着邁進酒樓
濁酒燒不平抑鬱的塊壘
而故居或許已成廢圃舊事
依稀在酒光如霧中幌近

娘的弱手隔着千里招着
隔着山隔着江，無力的搖着
泛黃的酒旗迎風微弱的飄着
貧郎瞪着酒，囁嚅的說
我要回去……

急促的呼吸、顫抖的雙手
酡紅的臉頰，如煙的眼神
又忽然側耳，彷彿聽及
遠山羣起的鷓鴣聲
暫驚起微醺的愁眼
旋卽又
被醉意驅得遠遠地

每當午夜夢迴，想起這些在生活的現實與還鄉的理想之間的窄縫裏掙扎猶疑的人們，不禁憮然嘆息，當日壯懷激烈的豪情，化爲空老異地的夢幻，無情的歲月裏，使他們不再在信心與希望上，建築一道堅固的拱牆；環境的迷霧，使他們在夢與理想間，不知如何調整鏡頭。江南的飛花逐柳渭北的細雨輕塵，却在笙歌裏追尋，家鄉是什麼風貌，只有在雀戰聲裏憶起。誰敢輕責，時間的輪痕裏，最易軀斃的就是血淋淋的回憶；現實的關口上，常令人遺忘歸程，在久久的繁華後，很少人忍心來鞭打這個傷口，雖然它有時隱隱作痛。

開國諸公的精神離我們不遠，黃花岡七十二烈士的熱血是否還在我們的血液裏奔騰，遺民的金言玉語是否還亢揚書寫在雙眉上，化成至誠的悲歌。兄弟們！覺醒的日子已到來，快拾起你們的槍和筆，神話的日子已經到來，歷史的光輝就要加在你們身上。挺起傲骨，在歲月的荒原裏前進；揚起眉梢，在現實的廢墟裏傲然出發，我們有狂飈的歌聲，我們有風暴的血液，我們的額上掛着青天白日滿地紅的國旗，武昌城樓的鐘聲即將響起，我們是撞鐘的使者。

民族的聲音已沉寂了一段時間，誠盼領導者能像支歷史的燭火，爍亮民族的方向，就像古代的摩西，引領以色列族穿過重重的沙漠。總要鞭響現在，才能傲然的走向未來，彩虹總升起在狂飈的風雨之後，風聲雨聲對於別人來說，或許會是現實情感的執着，對於我來說，總會激勵我自覺有所擔負，況且「夜闌臥聽風和雨」，更加使我欣喜的去憧憬躍馬中原的日子。揚鞭向神州。

莽莽神州魂 ㈠

在霜風裏，俯眺那岫谷蒸騰起蒼茫的嵐氣，那彷彿是自五千年文化的長流裏，蜿湧融滙的一陣煙雲。一種寂寞與寒冷，將我籠罩在意想的北中國情調下。我把帶有民族情感的眼神——含蘊着知、情、意的察照，投注在經過移情的悠悠天地裏，眼前景頓時化爲心底情。在一片迷茫與混沌裏，情意的直覺逐漸凝聚成一種民族的精神形相。中國人的原型自神思中透脫出來。在全幅原始性靈的激情雕塑下，湧出一種屬於盤古的神情與風貌。

沉坐於此緬想，藉着返回精神母體的情感衝動，溯時間而逆航，去撫視一下歷盡滄桑的先民。「天蒼蒼，野茫茫，風吹草低見牛羊。」一位民族的無名詩人，立在荒涼的四野裏，發出了原始的喟歎，照見了民族的眞性情。這樣的空間架構，天地化育，萬物生焉。先民生活於其間，樸素的性情把天、地、人三才打成一片，渾然無分。整個宇宙洋溢着先民的情感。天地的光輝終於在人性的展露裏退潮，而人中自有天地。逝者如斯夫，不舍晝夜。民族萬代的聖人立在滾滾的奔川之旁，傷看着時間之流永不回頭，流露出無往的慨嘆。然而當他夜夢周公，古亦成今。這樣的時間架構，寄其渺然神往的思情。這兩種架構互相疊印時，於人倫日用裏寓玄遠之思。古先民的神采，終於開啓了民族的五度空間，神奇的創造了一個流動的宇宙。先民在宇宙中的位分，已預示民族歷史的動向，創造決定了民族的命運。民族的性格，決定民族的悲喜劇。

讓我滿飲這盃生命的流觴，自古代多險巇的懸崖走下，則我不復更醉。我的眼光逡巡於歷史衣冠的潮流裏，淹過眼瞳的浪濤，自淘盡民族的風流人物。在歷史的長廊隱沒，年代的彼端猶聽聞他們廻響如雷的鞋聲。「哲人日已遠，典型在夙昔。」中國人的典型，在千古風流人物留下的範式。當我們以沉靜的理智處觀，他們開出的生命理念與生活模式，已化成民族人文教的胚胎。在他們不朽的風姿裏，煥發出理想生命的無限光輝。春秋時叔孫穆子所說：「太上有立德，其次有立功，其次有立言。」立德者，孔、孟、顏。立功者，文天祥、岳飛、鄭成功、史可法。立言者，韓愈、柳宗元、辛棄疾、蘇東坡。或許這種概略的分法，不能概括這些千古人物的模式。他們充實着整個中華文化，使它更燦爛更輝煌，在人類精神的漫漫長夜裏激起不盡的廻響。哲人雖已日遠，隔着千古，我們在此緬懷，典型還在，我們猶可憑依。中華文化的精神大概就像長江吧！滔滔不絕地流過萬代，在每一個炎黃的血脈裏賁張，而每一雙仰望的眼睛都有長江的流聲。

在現實世界的園地裏，民族先知的智慧潤育了理想的花朵。大地期待着那些偉大的靈魂。以他們全幅人性至善的光輝來春風化雨，頑石竟然也脫蛻出精神的實在。在民族偉大教師的當機指點下，忽然一點靈光爆破，精神的夜空裏又多了一顆永生之星。精神的延續，並非遺傳工程學的事業，源於薪盡火傳的傳遞。在那些民族教師的睿識與洞見裏，啓發了民族人行爲導向的深層目的；那即是如何在現實經驗的磨折與探索裏，追求理想的完美，成其道德性與藝術性雙標圓融的完人。道德性着重人格的化成，此是孔聖深旨；藝術性著重生活的態度，此是老莊之意，而追求完美的基力來自墨家的宗教熱忱。孔、老、墨的契合無礙，胚胎出民族宗教的原型來。西方的神，中國稱「天」，西方的神話在人的心裏，中國的天則與人渾然同體。在中國的大地上，中國人理想的形象都是神的化身，在這座先知之城裏，漁樵耕讀各得其所，維持着安和樂利的理想形態，過着與世無爭的樂園生活。

霜冷逐漸浸來，我兀自在此抱着懷古的琵琶，彷彿見及曠代英雄的凜然相貌。那些民族英雄的身影昂然長驅地步入神話，隔着千古的夜空，雙睛彷彿照成不滅的烈火，在時間裏熊熊燃燒。英雄本質的動力，來自其理念強度的氣化，是集義而生，由率性的至誠撐架，貞定其性格的標向。誠作到極處，便是一死。民族英雄多在死中出生。在人性中最强烈的對比裏，很能凸顯民族英雄的精神特質。這個對比，就是生死。生而壯烈，死而莊嚴。生有正義之生、威嚴之怒，死有唯其仁盡、所以義至。民族英雄的特質凝縮在一句詩上：「人生自古孰無死、留取丹心照汗青。」當荊軻懷匕刺秦王，圖窮而匕現，執匕的手一伸，千秋凝爲一瞬。在文天祥昭明其志的一死裏，見出中國人生命的悲壯與莊嚴，喚醒很多徬徨的民族游魂。此應然之死，現出中國人崇高的道德主體，播響民族昏昧不醒的靈魂。而其袍帶血書，更確立中國人的價值取向。他的死，實蘊含着民族機運的再生。民族英雄的死，塑造出一個典型的中國人。當這些忠魂義魄凜然地死去，在民族神話中，巨人正出生。此時在憧憬的英雄崇拜裏，我渾身充實着嚮往的熱力。民族英雄的向度與氣魄，令人謳歌。

寒風湧起煙潮，一人獨坐天地裏醉想中凝望着迷茫一片。煙潮迤邐而來，把岡城淹成霧中的孤城，天、地、人俱在嵐煙中隱沒。前也茫茫，不見古人；後也茫茫，更無來者，在靜默中自聽永恆神聖的召喚。而我民族的詩情風發如神，自天地間超拔，那精神的狂飈捲入時間亘古的風雲裏。文學家常懷人道的理想，化爲悲天憫人的濟世熱忱。眼中嚮往理想的歸宿，雙脚却泊在人世的泥沼裏。懷珠欲示，他們的眼淚流成千古的詩篇。這些民族的書生，負着整個民族的苦難，忍受詩神的鞭捶，脚印斜出一條民族的重生之路。書生的良心，是民族的路燈。當風簷展書而讀，詩心流入千古。書生的詩心，卽是整個文化理念的化現。當他對天涯而作悲歌，吟咏中現出一條中國人象徵的靈魂。琅琅的書聲，知有多少家國血淚。如將其詩意凝固成理型，則化爲民族精神結構的向性，是卽「王師北定中原日，家祭毋忘告乃翁」的忠孝精神。而民族文人的氣節窮時乃現，頭顱擲處血跡斑斑，在民族正氣下噴出的鮮血，灌漑培育民族理想的花朶。當書生還繼續地走入神話，背負着理念的燈盞，民族的希望就投影前方。我不禁低迴着一些詩句，意與遄飛之際，吟聲朗徹天地，彷彿亦是千載詩翁，在岡石上手舞足蹈滿懷詩情。

當我懷着一抹理性的微笑作歷史懷古的初航，却帶着拭不去的感性的喟歎。

在歷史漫長的沙灘上，我們難以數清民族偉人雜遝的脚印。那些盤古的化身，都曾參加民族的開天闢地，而從他們質朴的原始生命流出的人格，風化成民族人理想的典型。當今天他們已向歷史交付了美好的使命，民族的路仍是風雨路遙，我們欠缺精神的回省。我們如何自典型返照其背後所潛藏的，精神的原型。時間的舞臺上，民族的歷史永不落幕。在臉譜與臉譜間，我可以契入民族那種不可言宣的情愫。而民族精神的象徵，當在於民族人與文化意識的融合。當歷史典型的創造已成模式，於今我們將憑自己的創造意志，滙入民族精神的江流，開創新的典型。

飄嵐似夢，雄視的眼神似星，在令人神往的景色裏閶闔的低問。中國人是何等形相。中國人當擁有何等精神風貌。形式上的中國人好作，實質上的中國人難爲。我憶起孟子所說：「人之異於禽獸者幾希。」可見要達到美的靈魂，擁有高尙的理想，那「人」的境地已然十分遙遠。人的成色不足，卽自人的懸崖往禽獸的山谷墮落。幾位哲師探究一生，終於慨歎：「爲學不易，爲人實難。」何況在人之上，要加個限制的條件「中國」，要將文化精神的內涵充塞進去。就中國人的理想定義來說，它亦是無限性的道德理想，我們都要朝這個理想而美滿的境地揚鞭出發。

洶湧的思潮不斷地激打着心靈的孤城，盪起記憶的迴音。飛煙彷彿成雪，我想在大學聽課的記憶斷片裏攀登民族精神孤寒的峯頂。系裏曾有位老教授，我沒福緣上他的課，然有位學長敍述他講課的樣子，深使我感動。這位教授終年輒是一襲長袍馬褂，授課自來不帶講義，只是搖着一柄摺扇，花鳥山水的形相就自扇中透湧而出。他講述文學史時，古詩古詞隨意徵引，流口噴薄而出。他的態度是如此親切和藹，教同學在態度上馬上移情同感，彷彿進入古代文學的精神世界。他授課的神態使同學們的神經趨向中和安逸，而直覺地意識到，這是由五千年文化涵育出來的中國人的典型風範。系裏也有位教授，自幼接受德國的學術教育，青年時響應抗戰的聖召毅然回國從軍。他的國語很不流利，濃厚的土腔夾雜着德國風味，但是他不愧是中華民族的子孫，因爲他死也要將鮮血噴灑在祖國美麗的黃土上。血的赤誠是他對民族的告示，他選擇了一條中華男兒的應然之路。死是生命的大力，在死的精神裏出現崇高的民族節操。中華民族的花果雖然四海飄零，葉落還是終於歸根。歸根的精神逶迤成一道民族的哭牆，我見到向光的一面，它朝向希望。自每個民族人的眼瞳，湧出一種光和熱，將照亮風雨的前程。

在冷霧裏，我不禁自得地笑了，笑得像大海一般。我理解到；爲中國人的道，雖在遠實又在邇。雖然很難達到理想的境地，我們却可以憑直覺的意識來捕捉只可意會不可言傳的文化精神。在故宮博物院裏，我們曾見過很多中華文物，文明產物的背後，總是一種活的精神作推動的馬達。在中華文物裏，我們可以看見籠罩着一股和祥與愛。那種悲憫寬愛的精神，至誠不息的推動民族智慧與創造的活力，生生不息地轉着文化生命的法輪。當我們把眼光投射在人羣裏，說不定那位長者的一笑，就藏有五千年文化的影子。他舉手投足，見他流出的竟是長江的氣勢。他談起時勢而滿腔憤慨，竟如黃河濁浪滔天。在每一個街頭巷尾，都看到中國人友善的微笑。儒家的道、道家的道、墨家的道，流化在每一個角落裏。我曾在母親的眼眶裏看到中國人的眼淚，那有一種中國婦女的慈愛與寬切；在一位伯伯的唇邊我看到中國人的微笑，那是一種中國長者的謙沖與和穆。大地唱起黃河的長歌。

　　這是一座長城，一飛就成一隻長龍的歷史。我想起先民開天闢地的精神，彷彿盤古。從生命的基力流出的工作精神，來從事文化的拓荒。自純樸的民歌到玲瓏的詩、詞、曲等，我們的文化不曾歛收。先民的慧路相啓，在神光乍閃的眸中已啓現生命的標向。一代代風義相感，將此文化的德業無限的傳遞下去。當精神的向性集中而融貫，已滙成一條不可抹滅永恆的文化江流。精神是不會死的，除非雜有僵屍的氣息。文化是不會亡的，除非不肖子孫自棄文化家當。每當民族的活力逐漸僵化，總有新的精神繼起爲轉生之機，如四季之循環，日新文化的生命。而在變易中自有不易的悠久精神。一亡於元，二亡於淸，都非民族文化理想的失敗。民族的本質所蘊含的生命力，可大可久。我們當有不移的自信。

　　岡風如霜，久坐亦彷彿成石。冥想中，任淹過來的野霧像驚起的潮浪，撞擊着心城，泛起的是年代的迴響。我的囘憶，鼓動雙翼，飄然的飛囘了我的童年。在田裏奮臂趣抓着蚯蚓，日頭落時自家門傳出母親溫柔的呼喚。後來換了住處，却在陰溝裏摸索失去的彈珠，遭來母親親切而不惱怒的低罵。童年多少事，都浮在眼前。透過囘憶，我更深切地了解對母親的愛。亦使我了解，對民族的感情正如同這種愛。其實透過回憶，只是經驗的啓發。這兩種愛都源自超經驗的情感，在潛意識裏，我們就有返回太初的衝動。這些情感的鬚根，使我們獲得支持，不致在人的徬徨矛盾裏孤獨無助。

因此少年時酷愛傳統，非關盲目、不是迷信，有民族風味的東西總感分外親切。進而習讀詩詞，摩想騷人創作時的悲懷與興味，透過吟頌時的熱切情感，才漸漸地走入自己熟悉的心靈世界，憶起那時雖不羈留，但民族的觀念還頗能秉持得住。大學生涯，四年霜風霧雨的求學過程，雖未能誠懇向學，於大自然的景色所感獨多。尤其風靈雨秀，彷彿古國的潑墨山水，而雕樓深閣，也稍類古國的建築，常能激發多情的幻想。風靜雨停時，梢枝向陽，盪金的川水如帶，使人想起中原秀麗的山川。當風暴雨烈，擂響教室的玻璃恍如戰鼓淒淒，也莫非是百年來風雨家國。我的生命，風雨的旋律，終於譜出了家國永遠的情懷。我的筆，揮起狂飈的精神，赤兎馬般地馳騁起風發的悲情，呼嘯着長城的歌謠。

海角桑隅，天涯夢迴，撫看淚影中的山河顯得如何淒零。如夢的版圖在血的記憶裏變色。我的父親，黃埔的鐵漢，吃過帶硝煙味的饅頭，受過革命最悲壯的祝福。後來雖然政府撤守臺灣，但多少的骸骨化做戰灰，曾流過多少鮮血淘洗山河，才守住民族的貞元，這一塊美麗的淨土。有沒吃過江南的奶水，這不重要，我是中國人。我的夢魂，含着一份自持的信心，將要歸回最後的棲地。萬里明月照着鄉心，散成異鄉的夢迴。天涯淪落的中國人，終有一天，將要響應神聖的召喚，回到永恆而平靜的居所。四野的回聲，將撞成反攻的仁義號角。

野霧初散，眼前景頓時一淸。不知何處起的和風，驅散了歷史聯想的冷霧。我靜靜地站了起來。

我滿懷悲憤地想起共產黨卑劣的嘴臉。共產黨不惟不是中國人，且於本質上是非人的。在血腥的統治下，人成爲生產的機器，人降爲牛馬，甚且比禽獸還不如。人的尊嚴已淪落到禽獸不如的位分，則他們只是食人之獸。反中國的文化傳統是要滅絕中國人的種性，無禮無敎失廉失恥是羞辱祖宗、禽獸所爲。他們更是非中國的禽獸。此是民族的異數，異數不久。民族氣運雖然遭逢劫數，却並非終其命數；民族氣機雖然遭逢危機，此危機實亦轉機。文化的常數畢竟應長應久。但我們尤須警記，今天的命運如果我們不努力奮鬪，誰也不知道明天的命運將是如何可怕的噩夢。是自由的鬪士抑是飄零海上的難民，繫於我們的奮鬪。爲自由而奮鬪，至少是義死之士，或開民族無限的契機，用鮮血滋潤開大陸苦難同胞無數的自由花朵。命運寫在復國的願望與決心上。

但留千古丹心在，你是中國人。

岡風凛冽，吹得亂髮如蓬，我自山岡虎虎地走下。我的背後已無迷霧，兀立着一座沉着的城影堅忍不動。任爾東西南北風。

我回顧坐過的那塊岡石，已化作一陣狂飈，滿山遍野地呼應着風聲。我仰頭望着天空，帶着微笑，靜靜等着久久不來的春雷。

本文曾獲六十八年第十五屆國軍文藝散文銀像獎（金像獎從缺）

註釋：

①散文家蕭白先生在六十八年十一月三日青年戰士報會有千餘字評論「莽莽神州魂」，可參酌。

神州猛士圖

自黃河激盪的形象裏，
閃爍着猛士大風般的精魂。
雖落日的火焰曾黯然流逝
在洶湧的奔潮之上，
但它也滾響一則預言：
黑夜是另一次出發的蘊藉，
祇要猛士的眼中常想望
——神州的志節，
激湍將怒唱出一個壯麗的時代！

黃埔山河

黃埔，曾是民族革命最美麗的象徵。

怒潮澎湃，黨旗飛舞，黃埔是革命的殿堂。攝取志士們的鮮血和魂魄，浸育這批時代的子弟兵，使他們承襲了烈士的壯烈和堅貞。走時代的悲路，嚎民族的哀歌，一雙雙眼睛探照着國家的前路。一位革命的靈魂挺騎馬背上，東校場閱兵，凝看這羣慓勇的志士飽滿的軍容，臉龐上滿是堅忍的紋路，嘴角抿着悍拔和無畏，他寬慰的笑了，一個凛然神定的手勢打下，他們的呼喝撞盪如大海，壯烈洶湧的奔潮向北捲滾了據地稱雄的北洋軍閥。六百支槍桿，撐起民國蔚藍的自由天。黃埔精神，氣壯山河。

一位黃埔老將捲起褲管，「這就是徐蚌會戰，」幾朶疤花躺在那裏，向你訴說最美麗而悲切的回憶。「我那時年紀像你一樣年輕就升了少校呢！」在閃耀着記憶之星的老眼裏，就展開了戰史的畫幅。「那時炮火猛烈，我們那想到畏縮，只想盡忠報國。」老將的眼裏似點着一盞燈，自民族英雄的手裏往下傳，這就是民族的價值傳遞，常靠前後的經驗相啓。一個男兒的價值能刻寫在時代的額頭上，是一種榮譽，會在思慕情切的憧憬裏，進行摹倣，黃埔爲軍人描塑了最典型的精神形象。「本來那回我自忖必死，未料居然生還。」在生死之際，最能體驗生命之價值與生活之信念的精義，爲國家、爲民族的生命理想。一旦投入戰場，就已抱着將自己化作民族的一道火光的決心，要以生命照亮民族的延續，卽使犧牲性命，得到的是民族生命的囘聲。隱約之間，三顆銅梅花都閃成戰場上的星光，而你置身恍若在激烈的戰場，看黃埔老將用語調標示着戰況異動。「那時，我就立誓要將這條檢囘的生命，更加珍惜，來報效家國，沒想出生入死幾十餘次，竟活囘來了。」或許戰場上最勇敢的，往往活得最長久。黃埔風雲，將校成海，但在戰場上，却永遠是陣前卒。

正義之生、威嚴之怒，這是革命的第一課，要活在民族的大義裏，用槍和熱血來指責邪惡。忍辱負重，這是黃埔的精神，因爲他們本是三民主義的尖兵。他們的眸子張望未來，企盼從革命的廢墟裏，肇建民族自由的廣厦，而民國永垂無疆之休，民族傳統的精神經過革命的火浴後能堅實新生。他們都是大軍人，不是玩具兵，眼睛永遠神聖地燃燒一些什麽。

每個黃埔人，都曾是一座燈塔，照亮革命的航路。每個人心中都有一座加農炮，轟響民族自由的心聲，每個人的心臟都是一面鼓，用血液擂敲着風雨國魂的脈動。軍威赫赫，黃埔人的臉上都飄盪着一面青天白日滿地紅的國旗。

大兵江湖

那些老兵的話語，常在我情感的想像裏掀起一陣動地的風雷。

在街頭上，你或許可以見到兩個平凡的路人，騎單車相遇，就下車扶着把手相對親切的交談。他們衣着庸凡，面貌沒有顯著的特徵，表情淳樸而平淡，但在靈魂深處，你感覺他們的音貌如此熟悉。街角處，棋盤春秋，對奕着戰場上的風雲，陣地上淹過來隆隆的礮聲及咻咻的的槍響，他們的眼神堅毅勇邁，正像過河卒子。他們都可能是一位年輕過的老戰士。當你與他們談起國事，他們滿臉就滾起了飛揚的蹄沙，有時激動得面孔扭曲彷彿抽搐，有時勾起了鄉愁就沉痛得彷彿喪妣。但只要打開話匣子，就把你籠罩在槍煙彈雨裏，落入巷戰的困境。老班長常讓你感覺像一顆從民族的槍膛裏射出的憤慨的子彈，因爲他們的血液裏混融了卅多年民族情感的悲劇時空。在平凡的外貌下，或許含蘊着最強烈的情感。

冷靜裏深寓熱情，質樸裏埋藏不馴的野性。不要嘗試改變他某些觀點，因爲他們的信念來自生死一髮之間，由泥濘和戰火揑塑。這個形象，是水的冷靜和火的猛熱的遇合。前者來自戰場歷練的無數煎熬，面對着永遠是人性和價值擺盪最猛烈的尖銳稜面，情緒反應漸趨平穩中和，理性漸趨明淨，因此變動愈大就愈冷靜，是戰場求生磨練出的本領。而他們的生活信念來自戰場，價值判斷根於豐富磨盪的人生經驗。常挺身面對死亡的生命本是頑强的，當他們的信念遭受攻擊時，他們將切入戰場的時空，以燃燒的憤怒面對着敵人。

老兵生命的價值，就是戰場上的回憶，那回憶來自生死之間的創造。戰場上的對比永遠最强烈，而分際却渺渺稀微。一場野戰下來，生者忽死，死者轉生，圍繞在一口微弱的氣息。面對死亡的陰影，在虛無的寂靜裏令人震盪，耳膜還迴響着同志的笑語，那些互助相携流露的至情，那些影象無法映合在一具屍體上。但他却活在衆人情感的光年裏，他在生之歷程裏實證了自己的存在，交待了完美的使命，在驕傲光榮裏似享永生。哀悼的衆人却有時神色呆癡、彷彿死人，更常懷着生之凄凉和悲謬的感覺。戰爭善於製造毀滅，但這是一幅回憶裏永恆的畫面。

他們的腦裏，有一部戰爭的野史，由一個活生命的掙扎，用槍疤記錄了民族脈搏的律動。他們無奈的呼吸了顛危的變盪空氣，當發覺置身在共匪叛亂時空時，價值抉擇依憑在情感的經驗。他們深識共匪邪惡狠毒的性質，眸子裏燃燒保鄉衞國的熱愛。這種意志上的衝力，使個人生命滙流入民族生命；懂得犧牲是他們的美，把青春和生命毫不保留的奉獻是他們的愛。軍營的門口，或許蹲坐一位老班長，茫默地抽着煙，抬視着白雲蒼狗，想望着故鄉山川。可能在平靜的生活裏，他的確覺得呆板而缺少變化，因爲老兵只活在動盪的戰場。他的一生，和剿匪等值。

老兵永不失去青春。青春不是未鬆弛的肌膚，而是充沛的戰鬪精神。逐漸凋謝的只是鬢容，而非意志。在現實生活的戰鬪裏，或許他們只像堅實勞苦的小演員，但只要幕不落下，生命偉大的戲劇就不結束。每到夜深，槍傷就會凄切地搖醒血淚的囘憶，讓他們在哀沉裏凝聚着復國的意志和希望，遙盼着反共的聖戰。期待着勝利還鄉，去靜待生命的幕落。所有的樹葉，都要飄囘到熟悉的土地。老兵生命的戰鬪，原爲保護他的家族、鄉族與民族，永矢弗諼。

百戰榮歸，耳邊猶呼嘯昔日的號音，這是永遠的囘憶。當你翻開他情感的目錄，發覺老兵的心靈裏只有一座永恆的戰場。因爲這證明他是鏗鏘的男人，他也曾經年經過，擁有過値得驕傲的勇氣和熱情。令他們永遠憶惦的，就是他們曾在生死間，創造不朽的囘憶。

小兵風雨

卑微的小兵，你能聆聽到他內心裏的狂風暴雨嗎？

這些小兵在親友祝福的凝視下，光榮地披上征衣，邁向戰鬪的人生。過去的生活習慣和意志情感，像飄流的浮標，沒有定向，今天，他們要向鋼鐵學習。他們要揮手告別舊有的因襲和膚淺，去接受成熟的洗禮。通過這個階段，才被稱爲神州男兒。於是，他們出發了。

在他們的眼前展開的，是完全嶄新的視野。所有的情感被截斷，他們必須學會獨立，在全然陌生的時空裏。他們必須爲這培育他們的土地和民族，付出他們的時間和忠誠。這不是大苦難，而是大磨鍊，人格成熟的印記。他們必須以昂揚的精神，躍進在人生的野戰場上。

精神的火化，總會帶來痛苦。戎裝下，壓縮着一顆被折磨的心靈。情感雖然被時空截斷，回憶裏依然生熱，情的誠摯、愛的溫馨，使他在悵然中無法承受巨大的變奏。但他無法逃避責任和光榮的影子，他必須在痛苦中坦然擔當。情感上的依憑，如今成爲陰霾，他必須深深埋藏那些眷戀，這段情感的空間，要以軍人的光榮來撐架。那顆夢魂飄盪在天涯在海角，他的心靈自由寄托在軍旅生涯，戍邊守疆，緊緊握住那個驕傲的夢。

這些好漢，原是來自八方風雨，瘦胖高矮，各有各的習性和面貌，但只要穿上戎裝挺立戰場，却都是一個模子，他們心中都有一支燃燒的火炬，腦海中只飄着一支聖歌，那就是充滿着戰鬪精神，完成反共復國的使命。他們都明白，整齊和規律才能走到單一目標，當力量貫注而凝結時，一旦釋放能量，總有原子分裂般的爆炸活力。

一顆種子被移置到全新的土地上，用孤獨的眼淚滋潤，用熬鍊的血汗灌漑，他將擁有一個新生命的視野。新芽裂土，是生命超越的過程，他必須掃除舊日的私性和惡習，他全新的生命才能展開，在民族的使命感下，他人格的美才會跳躍式的昇揚。有寂寞和痛苦，才有突破。他們見到戰鬪的意志亢揚的美感，以後在人生的戰場上將朝向目的奮鬪到底，永不停息。小兵的眼睛，永遠射向前線。

戰場上的訓練，原是生命的熬鍊。學會堅持，衝刺過各種浮薄的情緒，才能負載大的擔當。要你習慣於寂寞，因爲一旦戰火燃起，脚下的每一寸山河都將是活動的，戰鬪成爲你唯一的遊戲，而要成就大的人格也必須安於寂寞。冷靜的觀察，敏銳的應變，使你在人生經驗裏，對突來的變異，迅卽作正確的反應。在人生的沙場上，永遠維持躍進的姿態，永遠爲維護榮譽而戰鬪。

小兵的胸中，激盪着一首莊嚴的史詩。持槍凝視，堅立孤獨的山峯或寂寞的海邊，或是在野營前聆聽着農村鷄狗的啼叫，守候沉沉盪盪的荒夜。飄湧的思緒像推過來的連波野潮，旋入溫暖而悃然的囘憶裏，而他却堅强像山，寂寞再也扳不倒他，雄視的眼神守望着時代的曠野，靜靜等待反共復國的黎明。

只要每個小兵都唱同樣的一首歌，會激盪成民族雄渾的大合唱。

鐵板銅琶吟神州

——致大陸同胞書

在夜的空城裏，看千年依舊的月色，照着斑駁多苔的牆頭。而月光自榕樹的葉影間，玲瓏地穿射到草地上，彷彿傳統建築裏的窗櫺，雕鏤着花鳥圖案，讓我在凝望間悠然出神，如一座歷史幻想的沉醉雕像，久久不動。南臺灣的冬季，這是個浸着清寒的了夜。我靜靜地立在月下，迴望蔓草深深的庭院，一種悲鬱激切的寒冷，籠罩着在衆人的酣睡裏清吟的詩魂。歲晚的涼風生起，冷意侵動着衣衫。當孤獨照亮詩心，一人彷彿獨對天地，抬望眼，正是長嘯的心情！詩人的影像已在長夜裏擴散，一種精神力量凝聚而無限的延伸，而如火的雙睛已照爍着無邊的黑暗。無數在夜色裏飄浮的幽靈啊！戴着苦難與死亡的黑色面具，你們的棲所在那裏啊！我意興風發的悲狂表情，正像王羲之惶莽的喪亂帖——而在久久的月下，藉着野風，將爲我傳送着誠摯的悲憫和祝福，而野風，亦將旋塑着我激狂的形象，像龍一般地捲起你們激盪生焉的熱情。

啊！今天，我像閃電般的眼采，將照射着煉獄的黑暗，使你們在鐵幕生活的底層，重新煥發着希望。我像風雷般的話語，亦將傳遍整個變色的版圖，使你們在悲哀心靈的底層，更再激燃起對自由嚮往的心火。誠然！就是今天，我將以一巨人之姿，巍立在神州的暗影裏，帶着鷹隼般升揚的精神，對你們傳達狂飇的訊息。在澎湃的民族熱情裏，我將使你們的內心掀起旋風般混亂的心情，撞盪成沛然的革命浪潮，捲翻那迫害你們的紅色王朝。在深夜裏，我以十分狂熱且激渴的心靈，期待着黃河的吼聲，滾流入歷史的深圳，呼嘯成美麗的永恒回聲。隔着臺灣海峽，隔着燈海和塵煙，隔着遠遠的車聲，在鄉居的小屋邊，我正隔着濃郁的思鄉情懷，悠悠地啓奏神聖而壯烈的召喚。這召喚！一個青年詩人的呼聲，就像暴風雨，將要越過江海，傳送到你們的耳膜，搖醒你們淒切的夢魘。這召喚！用民族的熱情譜成的韻律，正像是楚鄉的悲歌，要讓你們也感染到我內心的傷痛，在迴應中凝聚成力量。是的！這召喚，源自同胞情感的親和力，有一份愛和血的震撼，要喝醒你們的意志和決心。用生命要回民權！用鮮血誓清神州！

卅年了，我們該臨風哭嘯，抑是對海傷泣，爲何民族的命運像無主的飄風。我們該面山默禱，抑是俯地祈恩，爲何民族的花果四海淒零。在這黑夜裏，一種悲懷激發着尚未凋零的鄉思，我激熱地陶醉在歸鄉的嚮往裏。神州同胞啊！被人權的地平線遺忘的華裔，我亦見到你們在血腥和奴役裏呻吟和掙扎。天安城的潮音已告訴我：反暴政的鑼鼓已在宣奏，且越來越雄壯。卅年了，我心憂傷，神州的沉淪，還有百年來板盪的家國，而心情恍兮惚兮，迷離的遙夜裏，嚮往那從未履足的美麗夢土，這種希望在瞬息間激昂着原始的詩魂，迸顫着仙人掌花般的熱情，要向你們宣告民族的福音，並且在你們渴望的耳膜激起潮聲，且嘩啦啦地掀起你們蟄伏的意志，相互撞擊成民族最偉大的交響樂。

流離亂亡的歷史，寫在民族人疲憊淒傷的臉上。在無處哀告的荒蕪眼瞳裏，曾流映過鐵木眞殺伐的蹄聲。那蹄聲，使我們的神州籠罩在愁慘的烽火裏。但集體的意志湧成了反抗的狂瀾，毀坍了異族野心的宮牆。在暴力統治下，你們漠無表情的臉譜，也曾閃漾着女眞族射鹿的呼聲❶。這呼聲，再度使我們的神州籠罩在淒苦的哭聲裏。但集體的願望決定民族的方向，武昌起義的號角，號召了民族集體的力量。民族人的意志正像潮浪，激怒時浪捲朝城，讓野心家在漫天的濤影下，顫慄如侏儒。同胞們！神州的沉淪只是民族暫時的劫數，而不是終其命數。讓我們在悲劇性的命運前高傲地抬頭正視，因爲命運的偶然性質，總含蘊無可奈何的悲哀層面。我們又何須在錯謬的命運前悄然垂首，此劫難正足以使我們認清民族精神歸依的趨向。共匪禍國，這民族的危機只是文化的挑戰和考驗，反是民族文化轉生的契機。精神的本質是自由的，在你們的內心裏都燃燒着意志的熠火，它將照亮民族風雨的前路。集合你們的願力，可扭轉偶然回必然的乾坤。而集合的意志，亦將決定你們自己的命運。用你們風暴的意志，來對抗這風暴的偶然吧！這是歷史現象的法則：由萬民的吶喊掀騰起的角聲，會塌陷暴政的城牆❷。而今天，我的聲音在幻想中不斷地擴大，吹送入你們的耳膜，希望它的暴風半徑可以達到整個神州版圖。同胞們！集體的力量可以扭轉乾坤啊！只要你們把憤怒揑成拳頭，苦難的日子就會成爲過去。我從你們含着悲憤的瞳仁中，看到仇恨的血光，卅年痛苦的經驗，你們早知覺共產黨的制度實是荒誕凶狠的神話，共和的理想是虛僞的假託，只爲了滿足獨夫的權力慾望。卅年腥風血雨的鬪爭，已使你們在共黨欺騙伎倆下的民族希望幻滅成泡影。人在知解上的迷惑，或許可使政權暫時移位，但人性的要求仍主宰着眞理的潮流。順天應人的三民主義將爲你們開出民族理想的花朶。你們曾有未覺醒的，這只是一時的無知和迷醉。但血和淚終於刷亮你們的塵眼，你們的靈魂已步入覺醒的光明裏，這覺醒的意志亦將照亮神州。

卅年風水輪流轉。這俚俗的謠諺正應和着共黨將亡的徵兆，在此刻，格外富有奇特的魅力。

同胞們！今天啊！我將爲你們揭開民族神秘的約櫃③。我將引領你們暫時穿過昏暗慘慟的奴役生活，作歷史的航渡，在你們的獷野深心，爲你們雕塑民族樂園的形象。你們且回顧這蒼蒼憂恨的年代，歡夢萎落在泥塗裏，希望在漫漫長夜裏瑟縮的前伸。你們當肯定這樣的時代不會賡續，而人類活的精神元素，當使這殘酷的悲劇就此終止。不要暴政，不要流血，「鑿井而飲，耕田而食，帝力何有於我哉！」擊壤歌正是你們最美好的一個夢。這來自民族本有的天性，我們都嚮往美好的古代。而五千年文化的大樹，豈是這些赤色的蚍蜉可以撼動。逆賊可以簒改歷史的文字，却改不了你們深處的民族記憶，歷代聖哲標擧的生活價值與生活理想已深入人心。古代垂衣裳以治天下，雖無民主，却有民權，而天生衆民，天意實在民心之中，君主只是順行民意，而非私意代天，用血腥的雙手來建立赤色暴政。「老者安之，朋友信之，少者懷之」，這位偉大民族先知的願望，誠然就是民族共同的願望。那深邃的智慧之眼，照亮了我們淳樸鄉愚的心靈，引導我們在夢土上建築理想的人性世界。而這些眞摯熱情的靈魂，馳翔着夢想，安樂和諧地度過喜劇的一生。生命的意義和願望有關，民族人的願望照耀了理想的神州。從未有過的洋溢着和諧與美滿的人間音樂，悠悠吹奏在神州的山川河嶽間，也從未有過這麽虔誠的心靈，徜徉在錦繡的山川裏。

呵！今夜，我立在子夜裏，四顧蕭然，惟自古遠的神州傳來陣陣的召喚，教我追隨着一顆民族永恒的星宿，遙念着古國的形象。我的夢魂，像鷹鵰般升起。

聽啊！古老的神州低盪着一種古老富於喜感的牧歌情調。自生命基力流出的開墾精神，寫在你們堅毅的臉龐上，每個先民都是盤古。這塊人間的淨土，原是每個先民用他們的血肉凝融而成。他們精神的雙眼也飛成神州的羣星，爲後代的子民照亮了生命的夜路。這幕民族的戲劇，原是用生命的情感啓開序幕，因此情感的親和力，原是民族一道永恒的哭牆❹。傳統的人性架構，就在一個「仁」字，東漢鄭玄注「象人偶」，可說是從人性情感的基礎上出發。人性的基礎，起自眞情實感，自人性關係的向外推擴而層層具現，藉愛來彌合個性的差異，而沒有疏離感。當一切都顯得虛假時，只有這種接近宗教境界的人性愛才是最眞實的。這的確是充滿人性愛的人間世，相互關愛的瞳孔，映現了大同世界的理想。人類之愛，不是海市蜃樓的幻影，這民族畢竟已爲世人描繪了生命理想的藍圖。易經所標擧的天、地、人三才中，人兼三才而兩之，人自與天地渾然同體，每個人都是完整的個體，人的情感籠罩着天地，每個人都含蘊天道、地道的創化精神。這是一座民族永遠的靈魂劇場。變異的個性納入民族羣性的創造大流，共同的意識和價值取向塑造一個「中國魂」出來，在常道裏含中和的美。精神需藉形式來表達，民族的靈魂藉象徵的禮式傳遞下來，在代代層遞的形式中，有民族人的至情至性。這是一個情感的宇宙。「回首江南，看爛漫春光如海，向人間到處逍遙，滄桑不改」。任憑塵事的變遷，心頭擎傳的那脈香火總是我們逍遙的人間。人性與傳統相結合，情感與生命相歸依。人性的傳統，源於一脈而相流貫，情感的生命融和了古今往來、上下四方。這就是中國人的衣鉢。

夜霧初來，路燈微攏着一圈煙暈。腦膜的畫面上，彷彿現出一支民族的香火，氤氳繚繞，綿延不絕。千朝風流、百代繁華，閃現過眼瞳，在冥想的光圈裏擴大，古國的幻影如在眼前。在歷史的想像裏，江山如畫，一時多少豪傑。繫馬天涯，故園東望的岑將軍，讀聖賢書、從容就義的文大夫，登白帝城、想烽火江山的蒼老詩儒，在我的眼睛中，都只是一個理想的中國人。因爲在民族危急存亡之際，他們都能昂首躍入成仁取義的歷史江河，他們都將以一己的選擇映現民族的選擇，以小我的犧牲換來全體的永生。或許，在腦膜中映現的歷史畫面，該是民族夢魂中永遠的聖地。浸潤在中國人的生命情調裏，該是我們朝聖的旅程。而今天，我彳亍在民族情感的哭牆邊，一種懷古的傷慟侵襲着我，對你們苦難境遇的悲傷，讓我迴旋至最悽狂的渦流裏。我堅信，我並非一個被歷史貶謫的將軍，我的筆含着悲情的淚水，負有悲壯的使命，將要激響你們闇恨憤懣的哀思，呼嘯出中華民族的蔚藍天。青天、白日、滿地紅，這面國旗，用多少漢家的鮮血染成。千年萬代，民族精神凝現這一幅美麗的象徵。你們的血液，正是這種鮮紅的顏色。若你們曾在這噩運前愀然低泣，且請疏懷，這只是動心忍性的時刻，憂患意識常透顯民族的靈魂。在民族遭逢苦難時，我們方知神聖的理想，蒼天還要交付民族艱鉅偉大的使命。在等待的幻影中，民族的希望將永不止息。生命除了理想，沒有別的，既然反共復國是生命的事業，則我們當用生命來戰鬪，且永矢銘記：我們當用鮮血，爲民族歷史留下深遠的遺跡。

此刻，你們的靈魂冰封在無人性的寒流裏，希望還繚繞在半朽的心頭，這希望已足以捻亮生命的明燈。從靈魂的深淵裏，你們翻落的嘆息聲已逐漸上昇爲憤怒，在吶喊的拳頭和沸騰的熱血底下，你們精神的形象已在我的瞳底浮現和擴大。你們的叱責已足搖動這羣丑囂張的鐵幕世界。你們當從衆魔的陰影中站出來，只有眞自由才能實證生命的存在，瑟縮、戰慄永遠是魔鬼手上的靈魂拘票，將你們自人性的理想世界引渡到悲慘的奴役生活。海這邊，我們在三民主義的恩澤下，充份享受着自由和喜悅，愛和美洋溢在每一顆微笑的瞳孔裏。而你們曾像一羣被人間放逐的飄浮幽靈，在鬪爭的腥風中、暴力的統治下，宛若死亡簿上簽過名的亡魂。我滿注熱情的胸臆，將吹入生命的氣息，讓長期在人間背光面的陰黯寒冷，被甦醒的靈魂永久驅開。同胞們！希望就是生命的熱量，意志就是生命的能量，懷着激切的心情，我在這裏爲你們招魂。盼你們從死裏復活新生的希望。

把中國人的血肉還給根生的土地，我們都不是民族歷史的孤魂野鬼！追隨英雄烈士的脚跡，我們將魚貫走入中國的墳墓。我們雖隔在海峽兩邊，只有一個命運，黃河的聲音是我們共同的血源。它千年就這樣悲壯的奔流，彷彿自幾億雙眼睛裏嘩然掛下，幾億神州人的肺活量才能唱響這樣浩壯的歌謠。而在昨夜的夢魂裏啊！我聽到它悲歌的消息！同胞們！我是個吹簫的使者，隔着千里，爲你們傳送着夢裏的徵兆，我的簫聲，在筆頭吹起的旋律，將成爲你們聖戰前夕的祈禱文！我將在你們凝聽而熱狂的眼睛裏，看潮水升起！

註釋：

①射鹿的呼聲——中華民族一亡於元，二亡於清。據三朝北盟會編(三)「(女眞)精射鹿，能以樺皮爲角，吹作呦呦之聲，呼麋鹿，射而啖之」，另乾隆皇帝也曾作哨鹿賦。本文將其喻爲入侵之聲。

②舊約約書亞記：「耶和華曉諭約書亞說：『……七個祭司要拿七個羊角走在約櫃前，到第七日，你們要繞城七次，祭司也要吹角，你們吹的角聲拖長，他們聽到角聲，衆百姓大聲呼喊，城牆就必塌陷。……』」

③約櫃——天主藉約櫃保護以色列人進入客納罕，耶路撒冷聖殿建成後，約櫃就放在裏面，版上的十誡，永遠作爲西奈盟約的證據。喻爲民族心靈的象徵。

④哭牆——耶路撒冷內所羅門王時代的斷垣殘壁，猶太人常來悲悼遭毀聖殿的地方。喻為民族精神結合的方式，與象徵民族精神的一貫性。

輯五

淒美的歷程，

煉成嘴角微笑的泡沫。

插畫：陳栩椿

竹山的斜暉

在微涼的晨風裏，睜開了陰陰鬱鬱的睡眼，祇見天空也是陰陰鬱鬱的，小雨一早就輕輕地、滴滴溜溜地落了下來。那隻烏秋昨日掛在電線上安享其醇如酒的陽光，現在却棲在樹叢裏，不聲不響地看羣雀低掠跳躍，隱泛微聲。昂首濶步，凸眼怒冠的公鷄，再也不能漫啄着晨時的陽光，祇好躲在古老的騎樓下，吱吱咕咕地望着濛濛如煙的早天。

「晴復雨來雨復晴，誰能反覆驗天心」，于右老的名句，却眞能道盡竹山的氣候。常常上午還是炎陽當空，午後就無來由的下了一場雀卵大的急雨，洗盡暑氣，然後旋卽放晴。有時更是連着幾天的陰雨，讓人覺得渾身濕膩膩的，只能躲在屋裏楞楞地望着三兩炊煙，提不起蹓街的興致。也許是這裏氣候的潮濕，滿山遍長着青翠欲滴的修竹，在金色陽光下摺疊着亂碧，竹山因以名之，也是意想之必然。

晴天時，你如有雅緻信步上山，就眞能體會到滿山蟬鳴的幽趣。滿山的蟬鳴廻盪在風滿的竹林裏，迥無塵網人囂車喧的俗音，更覺滿身清爽、了無暑意。沿着山邊的公路走下去，路旁全是竹林，在長長短短的蟬聲裏，擺盪着耀金的綠浪，假如你細細地傾耳細聽，就可隱約地聽到竹林以外的滔滔江水，更彷彿見到鷺白魚紅、蝶舞蜓飛，甚至滿山遍野的瘦竹肥木，也都在那裏爭鬧。

其實所謂江水，是淸水溪，碧長如帶，廻走如蛇，也許更因傍山的關係，水流時急時緩。它日日夜夜不停地流着，也像是淘盡了竹山人篳路藍縷以開啓的感嘆。在猿洞二號橋上，斜俯千尺的幽壑，旁臨萬丈的激流，千古英雄萬世的豪傑如能得賞斯景，怕不更激起天地的義氣，曹操臨長流賦詩的襟懷、祖逖擊狂歌而渡的豪氣，彷彿都化成眼中的激情。放眼望去，碧水廻金，遠山盪綠，唯獨自在微醺中帶着沉醉，幻想是個大風猛士，在橋頭傲岸地望着江水。

白天的小鎭，在炎陽的逼照之下，顯得格外的靜寂。小販躲在騎樓的陰影下，一直要到晚上，才可以見到小鎭僅有的熱鬧，溜溜街呷杯鳳梨梅子冰，也許就是心靈的享受了。漫步街路，難得見到幾個年輕人，縱然是在黃昏的時候，也只能見到老邁的歲月像是在斜暉上走索的阿公阿婆，在夏夜的風中蹦跳嬉笑的小孩子，餘下就是爲數衆多的中年人，也在臨晚的斜照裏逐漸髮蒼齒微，漫不經心的步入老耄。年輕人湧向都市呷頭路，任誰不願呆在無發展的小鎭，只留下這些老弱中年漫笑對斜暉。

來這裏沒幾天，就碰上城隍生日。爲了慶祝這節日，木偶戲團早在十天前就鑼鼓喧天的開了鑼，縱然是陰雨天，仍舊鑼鈸不斷，碰上了晴天，硬是可以自早晨九時，一直酣戰到午夜方休，也不管廟場上是否有觀衆。到了城隍生日那天，地攤足足迤邐兩條長街。從日常用具、擺設到收音機、小型電視機，眞是目眩心搖。窄窄的長巷裏塞滿了瞧熱鬧的人，也不知這股攢動的人潮是那裏竄出來的。廟場上加擺了一座地方戲的戲棚子，蒼白的臉容、鄙俗的打扮、僵硬的演技、低平的嗓音，和木偶戲團像是打擂臺似的對唱。一邊是琵琶低唱，老半天才揚起一個顫抖的尖兒；一邊却是密鑼緊鼓、好戰方酣。連環炮加上西洋搖滾樂，相當精彩。城隍廟裏，善男信女川流不息，大門進口七爺八爺的長相使人怵目驚心，只見睜目怒坐，平舒蒲掌，上有一牌，道：善有善報、惡有惡報；不是不報、時辰未到。五殿森羅地府的上刀山、下油鍋的景象，其目的雖在懲奸警惡，却是來人一律驚心動魄。廟中橫擺長形供桌，桌上鷄頭鴨腿、魚翅猪腸，眞是百味俱陳。中堂焚香禱告者，莫不惶恐溢於眉目，又跪又唸，作一副有深惡大罪狀。五個中年婦女，穿法衣、吟經文，在香火繚繞中，唱聲不絕。只可惜一旁伴樂的却是電子琴加上電唱機，流行歌曲加上搖滾樂。

到了次日，廟場又恢復往日的寧靜了，那些街巷又變得沉默起來。一個阿公靜悄悄地搬了張板凳，孤零零地坐在斑剝的屋簷下，一面抽着煙，一面望着這個像風雨一樣年老的小鎮，給斜暉的顏色紅透了，想起昨日的黃昏還在廟場前的人羣裏，看戲臺上的伶人在夕陽中漫聲歌唱。此時這小鎮却孤獨地立在風雨的年代裏。江湖的歲月就像一場風雨吧！一幌眼，昔日的那些筍尖，現在已經昂首在風雨裏了。

浴

趕了一場電影，乘風而歸，腦中仍淹着喧嘩。那場紊亂的情緒像把蛛絲，把自己陷入糾葛。或許這情景正如久航的水手，靠岸時尋找片刻的刺激，但他還是嚮往着朝向生命的永遠的航渡。

今夜月光分外皎潔，一丸月色對映着凝望的兩點星光。我立在屋簷下，見葉影斑駁參差地投映到灰牆上，珊珊可愛，也分不清是月色還是簷燈照的，清風吹面，讓我領略一分靜靜的凉意。

月光下，捧着臉盆，踩過凝露的草地，推開右側的鐵欄，到淋浴的小屋裏。我除去了衫褲，站在微苔的水泥地上，進門處的小燈映照着我瘦削的臉龐，也把池水的流紋返照着晶光在赤裸的肌膚上。角落暗處的蚊蚋廻飛而起，準備舉行一場血祭，而我並不喜歡以我的皮膚作爲牠們的祭壇。我用盆水沖灑着，使牠們知趣的飛走。

冷意沿着我的頸項，濺射沖流而下，隨着嘩啦嘩啦的流聲，有一種莫名的暢快。不經意地觸摸自己的胸背。感覺到那番鮮滑與冷冽，竟意外的想起兩棲生物。池沿上爬行着一種肢體光滑的多足虫，我稱爲「岡山列車」，一盆凉水也把牠沖走了。微帶着蛛網的舊簷板上，一隻壁虎蹲視着，睜着暴突的黑眼珠，像小米粒滾來滾去，不時地響起飽食的鳴叫。

或許由於接觸不良，風中的小燈忽然熄了。月色自鏤空的磚牆斜照下來，晶瑩地映在流泛的池水裏。右邊六十燭光的巷燈也射進來。把我映成模糊的黑影投射在左邊的磚壁上。池水在眼前盪漾着，彷彿滾着片片的水晶，粼粼閃爍在頂壁上。一些奇想與幻夢。就自池水中湧盪出來，似乎水晶球的精靈，卜照着我的回憶與遙情。

我在幽暗裏擦洗淋拭，享受那分從心裏透薄而出的寧靜。一邊自磚洞望出去，那株斷松昂首在暗銀色的天空裏，顯得如此的安詳自在。在這樣的夜色裏裸浴，彷彿是個村夫，在白日辛勞的農課後，把精神歸向天地。一切從自然來，亦當回到自然的懷抱。

我噓起輕歌，輕快地走出澡堂，不經意間，背後的小燈又亮了。在亮與暗間，經過多少沉思的轉折。一切如此偶然，彷彿暗室裏抽煙擦亮一根火柴，然後自歸熄滅。而偶然的領悟，或會奇異地扭轉生命的標向。

我愉快地躺在床上。經歷今夜，明日又將在鳥聲中醒來，隨着大地甦醒。我感覺如此與自然接近，就像浴中赤裸而孤獨地面神而立，却滿心喜悅。何妨讓我縱浪大化，浸洗後的新生躍入自然的輪廻裏，遠遠趨避人事的塵勞吧！

像大地的聖嬰，我又從宇宙的胎房裏呱呱出生。

流血的先知

是否詩人竟要懷着永遠的寂寞，而又沉浸在獨知的福地裏？這是一個悲涼之夜，我腦海裏突然浮現的意念。懷看着靜默的夜影，像惶惑而沉醉的旅人，玩味着探索的流浪歷程，趨向生命的子午線。在令人深思的夜景裏，路延伸着，靜靜伸向無窮的探索，與未知命運的遠處。

單車滑過雨線，眼底躺着潮濕的前程，溫暖的夜已成回憶，未來的風雨正在瞻望的眼睛裏。我想起一位行吟澤畔的詩人，在他的生涯中曾籠罩着多麽坎坷的命運，但詩人的悲劇，許爲永生的喜感舖設。

掠鳥一般，我滑過左右無車的街道，對面黝黑的小巷裏突然伸出計程車的黑影。我把龍頭向右一轉，却自街坡上摔了下來。我伏在冰滑的柏油路上，血漿自指節的創口黏黏地滲出，頰上也一陣痠麻，我欲起身，傷痛無力，彷彿終於淒美的倒在命運的脚下。

淒涼的命運，或許來自現實事件無情而偶然的本質，但永不爲掙扎的生命作註脚。掙扎的生命要永遠顯出向上超越的力量。掙扎的基力來自心靈自由的主動選擇，不受客觀事實的恣意擺佈。我忍受着悲痛爬上車，這幾句躺在書頁上的眉批，頗切合苦中自慰的心境。我回到破舊的小屋，十指抽痛發痲，覺得天地雖大，似亦無可落指處。忍着苦笑，看着鏡中的傷痕，疲累和痛楚侵襲着。

皮肉的苦痛，現實的苦楚，詩人都應當超越，否則他的一生，就是舛繆的命運，而無法沈浸於獨往的信、望、愛中。我想起受苦難的耶穌，他的理想遭到現實的致命的磨折，但他悲憫生命的慈愛，可使他在臨刑前浮現超越的聖光。他還要犧牲寶血爲世人洗罪，在血中含蘊永生的意涵。詩人的背上，該永遠有那麽一副十字架吧！當它因執着而染血時，離眞善美聖的境地也就不遠了。

幾天以後，我欣然見到指背上的傷痕已合疤，發硬的血塊已褪落。原來的傷口長出一層彷彿初嬰的新肌，觸指如此的滑嫩，瑩現着新春的氣息，多麽神奇的新陳代謝，在我體內竟洋溢着再生的活力。腐朽的死肌被更新的召喚催落，我有了生命力的流動感，激盪着原已沉睡的創造力。彷彿一座睡眠的火山，經過悠悠黑暗的世紀，岩層又開始崩動了，鼎沸地在濃熱的岩漿裏跳躍着生命的潮與光。我凝視着鏡裏的影子，照着穉嫩鮮活的膚顏，在青春的噴泉淋洗下，煥發着重生的生命之美。

我思想的浮流裏，也正滾釀着一場胚變，汰除那些頹廢的偶然吧！凝聚的熱情，只朝向那生生不息的創造。還有什麽能絕滅我呢！在註定流血的命運前，我曾顫巍巍地爬起，沾滿着嘲笑的塵土，如今我却要卑蔑地自它頭頂跨過，因我是個提着星星走路的人，痛苦的經驗都將成爲我的星光。

而爲何人們如此的絕對呢！他們喜歡生，而憎恨死；他們喜歡快樂，而憎恨痛苦。讓我這樣說吧！他們喜歡昏醉，而憎恨清醒。我却期待着歡愉的死，遙想着死的淒美和莊嚴。大地將爲我唱起輓歌，當我在一生的歷程裏，以悲愛的血，吟生命的頌歌。死裏，將含有生命的精義，那不過是生之圓滿罷！

血的痛苦裏，出現新生的快樂。所以他們都把詩人喚作流血的先知……

流渡

爲何人生總有永遠的擺渡，以及永遠的懷鄉之情？

在每一個經驗的渡口上，緬懷着痴夢般的回憶，遙想着幻影般的前程，是等待的兩種心情。而每一次過渡，總盼望成爲最終最美的歸渡，却永遠只是暫時的試航。但任何一次過渡，均可能將那永恒的渡口定位。於是，雖然知道過渡的寂寞，懷着怔忡的心情，我們悄然立在精神的曠野裏等待。像一隻夜狼，雙眸逡巡在無邊的荒涼裏，找尋一種支持的回應，只有孤嗥在漆黑裏泛起返響。等待，需要忍耐和堅持，凝聚所有的識量與心量，準備出發。忍耐痛苦、堅持理念，出發的動力僅賴此爲憑藉。

每一次的過渡，皆令人疲憊，想扯起歸航的旗號。因爲那經驗不外是理想在現實中磨洗，在感受中彷彿是一場風暴。久航的水手，方知均勻與和諧爲美。風暴裏，我們盼望永遠的港口，盼到才知那僅是另一場的過渡。縱然如此，我們仍然無窮的期待，那夢與理想的果實。總有一天，要帶着所有的愛與美，飄然回到永恒的歸宿。在那裏，狼般的眼神，都飛成了天星。

在渡的過程裏，都有徬徨和迷惑，以及在命運的風暴前的難以自主。當現實的價值顛動浮沈，理想的美如何化爲抉擇和行動，常使我們猶疑。在驚捲的潮浪與翻飛的怒濤間，人性的擺盪只如一艘舢板載沈載浮。奮鬪與掙扎，將使我們自醜陋的人性泥沼中翻出。我們想望那種昇華的喜悅。

因此我們更汲汲於探索的歷程，不放棄任何過渡的經驗。人性的擺盪、價值的顛動，都像是痛苦的擺渡，在美善與醜惡間飄移不定。但只要在痛苦裏存有空間，就永遠標立着希望，使人活在等待中。永遠是等待的心情，等待着某種將來未來的物事，等待某種過渡，等待將來的歸渡。夢與美、理想與愛，在幻影間遠了，又近了，彷彿是渺茫，又依稀亮麗。

忽然間感覺：過去、現在、未來都俱隱去，只以時間的本來面目陪伴着我們。當在時間的急流中昂首，我們該淸吟抑是悲歌。過去的回憶，對遠方的瞻望，都在時間霎那的流動裏湧向腦海。一匹靜坐的夜狼，眼神投向無限的蒼茫，雪亮的守候着漫漫的長夜，忍受夜寒和孤獨。無限的歷程在遠方伸長，每一程像是暫時的飄渡，也像是永遠的歸渡。而每到一個渡口，彷彿是告訴我們，終點又近了些，於是又懷着欣喜，踏上痛苦的歷程，而在等待裏又滿是激切的幻影。

只有時間，能够謀殺該來未來的物事。譬如此刻，時間突然靜止，我們只是一座不能思考的雕像，懷盼的遠方則沒有任何意義，因爲它永無法到達。但是它只是平靜地、恒等地挪移，讓我們在希望中前趨，使我們幸福的希望永不止息，而夢想竟夜翻滾像永遠的潮汐。

我們原常在心裏標示着定點座標，朝向價值模式的樹立。當我們的經驗空間是動盪的，發覺那些模式已開始浮動，過渡的時候原是定位，却開始變向。於是我們開始調整方位，去創發新價值。過渡的歷程，或許太像迷宮。我們始終遙想着終點的出口，歷盡摸索的磨難，而終點或沒有出口。但卽使這是一座沒有出口的迷宮，在希望裏却已伸出一條嶄新而無窮的天路。或許一天，發覺終點正是起點，彷彿這一切歷程皆是虛無。山非前山、水非舊水，所呈現的風貌却已不同於往日，而那些痛苦，將蛻變成另一種高層次的喜悅。那時，拈花間，微笑着昔日的謎語和奧幻，已在春光下消解，而一切圓融無礙。歸渡，或只是始渡。

人生的經驗，都是朝着可能的境地飛昇。

飄泊

這精神的飄泊，大概永沒有休止的音符。狐狸有穴，飛鳥有巢，尋覓的過程中，却老是異鄉的夢懷。我們朝着遠方，遙想着永恒的渡頭，但一站又一站，飄泊是沒有止息的。我們恆常懷念燈火的溫馨，却更珍惜自己的寂寞，因爲要走到終點，我們就不能停留在定點，當精神停止飄泊，就是生命僵化的開端。彷彿，每個歷程都將成爲定點，但只要在熱情的想望中，讓希望燦開在焦灼的眼眸裏，每個定點就繼續落在背影的後頭。一站又一站，飄泊是永無止息的。

而當時間繼續前移，經驗的動盪彷彿也沒有止息。我們曾背離可愛的家鄉，面臨天涯，一些親暱的呼喚在耳際淹盪而成廻聲，當我們在月臺上等待，那駛過來的燈光沿着月臺照亮，那熟悉的燈光彷彿已在黑夜寫上着飄泊；當火車緩緩開動，我們囘味着離情別緒，我們知道我們將如一縷飄散的輕煙，長夜漫漫，我們將朝向陌生的遠方；一站又一站，在蒼白的燈下飛馳着古怪的憶念和懷想，在嘈雜的嘻笑聲中却安於回索屬於自己的記憶，一程又一程，連記憶中最荒蕪的黑暗角落也被照亮了；當燈暗了，一切聲音總要靜止，這車廂像飛馳着的荒涼的墓園，一些歪斜着的疲憊的雕像，不是疾馳中歸於靜止而驚醒的，是零星的小販，午夜月臺蒼涼的叫賣喚醒了荒寂死去的夢魂；當火車停駐在異地的月臺，正是灰暗的黎明，或許善於遺忘總是好的，但我們總是揹着令人無奈的回憶。

生命的旅程或許亦如是。從起點到終點，有些人始終昏睡，有些人保持清醒，有些人則時而昏睡、時而清醒，但無論如何，始終清醒的人總是寂寞而溫暖的，因爲他堅持的看完了全部的旅程。他看到蒼茫的人世間，一些親愛的事物和人總是不斷從生活空間裏消失，支配這法則的，是命運，也是偶然，而每一個微小的命運或偶然，總是不斷的激盪着這生活空間，每一次的激盪也使這生活空間呈現了更新的視野。

拍掌而歌吧！一個熱情的詩魂正在孕育賦形，我們期待着一天，從變盪的生命裏嘩然睡醒，那麽這些飄泊也就可以安慰了。因此我們永懷着一顆激熱的靈魂，從生命的經驗裏捕捉理想的風貌，我們更安於飄泊，不尋求精神的安定，只有飄泊的足跡，才能寫完追求眞理的路程。我們期望着遠方的燈火，但一程又一程，除了冷夜和濕鞋踏響的回聲，燈火仍飄盪在前方的虛無裏。就是那一點火光，凝成精神的安定力量，因此，只要我們尚能撐開雙眸，將永照着飄泊的心靈歷程。

飄泊的歷程，山山水水，無非是變換的風貌，但理想的堅持與肯定是必須的；命運可能無常，但有常的正是我們無悔的信念，我們亦甘於將熱情投擲在無常的命運中作賭注，把有限的現實生命輸掉，換來的看是不是精神的永生。您渴望飄泊嗎！您的囊篋裏將只有回憶，任何愛都是一種奢望。而終點，是您幻影中的前程，是整個生命的光與熱，用精神的足跡，劃出命運的軌痕，我們活在創造裏，且創造着自己的命運。

即使顛沛流離，我們並不沮喪，我們早已慣於看微風旋成風暴。

陋室靈思

窗不明、几不淨，重重的灰埃在紗窗上挽起朶朶的塵花。這些泥土應該是植物的旁支吧！而且是最茂盛的一種族類，在屋裏每一吋可見及的平面上爬行繁衍。每天清掃，並不能將它放逐，而掃後泥灰播揚，書桌茶几又蒙上一層塵垢讓你擦拭半天，等到第二天醒來却又是滿地塵土，望着滲漏泥塵的天花板以及破損龜裂的水泥地，又如蒼天何呢！沒等兩天，我就任灰塵和懶散一齊蔓衍了，讓微笑坐對着抖落不掉的那滿室的陰霾。

蒼白的燈光裏，一個年輕的詩人坐在漆蝕的桌前冥想，不時地低頭在便條紙上寫下警句：我睜開雙眼，看到的彷佛是多天蒼穆蕭索的景象，當闔起眼來向心靈捕捉永恒的詩思，發現春天正在痛苦的出生。我的靈魂是否正在蟄動呢？正在想着的時候，感覺有些細微的響聲，彷彿來自遙遠的空冥。我閉眼仔細的傾聽着，那些微聲就格外清晰了，並且在心靈的城池不斷擊撞，如此的微弱却如此的清脆，像持久不斷的弦音。另一方面，這微聲彷彿被心靈吸收滙聚，並有音波廻起相應，像山洞裏幽澀的泉聲，汩汩地流，幽幽地泛響。不！那微聲是虛幻的，只有一個眞實的聲音，那是來自我的心靈的，一個掙扎的靈魂痛苦的回聲。

忽然壁虎的鳴叫驚斷了我的思緒。幾隻壁虎爬在窗紗上游目四顧，米突的眼珠骨碌碌地流轉，睜視着廻舞的小粉蛾，那令牠垂涎迷惑的小獵物。牠平滑的肌膚下，我感覺到牠的筋鍵是扭緊的，心脈都賁張着，凝聚着全幅的注意力，等待着追捕的瞬間。牠的形象在我的視膜裏不斷擴大和變形，使我聯想起某種龐大蠢拙的古生爬蟲類動物，在鄙野蠻荒的時代裏鄙睨横行，單憑着狂暴及凶殘就可以稱覇於世，就是恐龍。而現在呢，洪荒的戰役仍在進行，只是規模小得多，但血腥的屠殺幾億年沒有變味，一個生命將藉着肉和鮮血延續下去，另外一個生命將死亡。這是生物現象裏誰都改換不了的一個律則，除非每種生物藉呼吸和泥土就能生存，當然，還要沒有嗜血的慾望。這如何的與人類仁愛的理想相違背，我該阻止這場謀殺嗎，把這小恐龍驅開，救得粉蝶的性命？但這只是暫時的，牠來自遠古的本能還是召喚着牠，在別個黑暗的角落，另一隻小粉蝶將替代而死，管他呢，或許是蚊子。抑是，該把這場屠殺永久的解決掉，用一支尖錐直直地戳入牠們的心臟，而後牠們將顫抖痙攣，血液濺射而出。不！那我反倒成了劊子手了，雖然目的不同，但我戳死壁虎與牠生呑粉蝶的過程是一樣的，我的雙手也將沾滿血腥，何況這不過是生物界的天演過程罷了，或許自有一種循環的制衡作用。人類的屠殺不也是如此嗎，在人的軀體內都藏着一張惡魔的臉，每當觸及慾望的本能層面時就猙獰起來，當這生物的生存原則還活在體內時，人類就不當稱萬物之靈的，因爲他的靈魂還沒有淨化、行爲還沒有進化。多痛苦的事實啊！部份人類的軀體還是爬蟲類，這樣人類的屠殺怎會終止呢？這就說明了教化是何等重要了，它將使人類的靈魂嚮往着美善。

這不是一齣悲壯的史詩，但渺小不足稱道的事件，或也能啓示莊嚴的大道理。我決意帶着些微科學精神，來等待這個生命的幕落，而且也不扮演一個主宰的上帝而破壞了這場戲劇。但小粉蝶啊！我仍然祈求你不要在魔鬼的花園裏玩耍，當你無力抗拒惡魔時，請遠遠的逃開吧！我並且深深明白，卽使你犧牲性命，也無法滿足惡魔永無休止的貪婪。屠殺仍將進行。

忽然壁虎竄突而出，昂頸向虛空中急咬，小粉蝶在牠嘴中撲打掙扎，只見壁虎將嘴稍一張開又更咬去，不多時就把小粉蝶呑咽下肚，而喉管猶自不停地咽潤蠕動着。迅卽我的思緒轉移了，這個自恐龍縮化的小爬蟲，爲何動作如此的快捷，不若恐龍的蠢慢，是否這與體積的大小有關，就像蜂鳥的薄翅每秒鐘就可以振動若干次，而老鷹的雙翼很久纔拍動一次。當然蜂鳥的振動頻率大，才可以維持在空氣中的浮力，而老鷹拍動一次雙翼就可以維持滑翔的姿勢，這都是客觀需要的問題。但將兩者相比，顯見得牠們的時間和空間並不對等，牠們的原始本能當然不會計量這些，差異却絕對存在。所以壁虎決起撲咬，活動的舞臺不過是這五呎見方的紗窗，而恐龍擺首瞪視，却可睥睨縱橫於當世。這種情形，是不是很可以讓我們聯想起光怪陸離的人類社會呢？人類理解洞悟的能力，常決定了他們活動的範圍。有些大人物翹首橫行，不可一世，挾帶着黃金支票在現實上成其爲大，永遠抱着「今宵有酒今宵醉」的心理，他們的時間只有現在沒有未來，他們的空間只懂得交際場合。有一種人老愛攀附着傳統的光榮，用已成過去的眼光作爲衡斷現在的標準，汲汲去挖掘部份已在半塵封狀態的經籍，抱殘守闕地研究終身而孤芳自賞，他們的時間只有過去沒有現在，他們的空間在已經消失的土地。當然，人對時空的觀念並不能反過來的決定理解洞悟的能力，但在現象上觀其活動所涉及的時空，却往往瞭解他所理解的界限，如能在時空的觀念上作統計，來對人作類形區分，想必也是一樁頗堪玩味的事。因此，人類的可笑和愚昧，正是在他所依存的時空得到安定感，人天賦所擁有的創造活力或理想往往就僵化在這安定感上，所以安定感毋如說是創造活力或理想的死亡。

現實上的時間和空間，往往受到相對的限制，但心思銳敏的人，却能從觀察、思想、閱讀找到活路，他知道來自心靈的返響永遠是最可貴的，所以能耐得住不凡的寂寞。他也知道，他的時間和空間，當自心靈中出發，人的可憐往往來自安於固陋、習於故常，要突破認識的限制，就得一方面沈思過去，冥想來者，一方面體悟東方、融通西方，上窮碧落下黃泉，他的心靈宇宙要從小到極小伸展到大到極大。從這上面說，人類在知識上的探求所作的努力是可敬的，但對人類全體的幸福而言，還是要在心靈的溝通上面集合一代人的努力，所有的知識終究是偏險的，在這些支架上面，只有直覺式的眞實洞悟所燦射出來的美和智慧，其至大無外至小無內，上下天地、周流六虛，才能爲人類指出未來幸福的極地。

當我想到這裏的時候，微聲又逐漸地泛起，將我從沈思拉回到現實中來，我決定去尋找聲音的源頭。我試着搬動書桌，去看看木牆到底有什麽古怪的蟲類，沒想一搬之下，書桌就坍倒了，原來桌角早經白蟻蛀食的不成樣子，一條條溝穴縱橫，早成了牠們的安樂窩，在這兒不斷地繁殖和開闢產業道路，望着牠們此來彼往蠕動的身軀，不禁又好氣又好笑，或許腐蝕着人類的，也正是這種難以見及的情感或觀念吧！無奈何！把筆記和書籍收妥之後，搬拾起書桌的殘肢，一股腦的扔到屋外的草地上去，換了一張新的桌子。

第二天清早，我驚然地發現周圍佈滿了螞蟻，兩種紅螞蟻和黑螞蟻分三路進軍，跑來分這一杯羹，不斷地搬運白蟻的屍體，桌底板的溝紋裏到處都發生着遭遇戰。我曾經給這種紅螞蟻叮咬過，有針刺的痛感，過一會兒皮膚就會紅腫了。一隻紅螞蟻爬上了白蟻的背上狠狠地嚙咬着，白蟻負痛狂奔，沒多久牠終於倒在地上喘息，讓死亡的感覺浸濡着。在桌板中央地帶的白蟻，尚未受到直接的侵襲，但已直覺到環境的異動及周遭的騷動，只是緩慢的來回游走，一種輓歌的哀涼彷彿廻盪在虛空，當太陽更烈時，白蟻全體的命數都將終結，因爲牠們已遠離了家鄉，而這兒正是荒原，除了血腥，沒有同情的了解，一場大屠殺大毀滅的悲劇正在進行着，不久即將落幕，因爲生命已到終點。

這可能嗎！當這場屠殺正在進行的時候，人們卻談笑自若，或許這在自然界是天經地義的，但在越南，人類的屠殺不也如是的上演，人正在吃人，共產黨正在吞食着被美麗的謊言所欺騙的百姓，但我們是有正義有理想的人，並不是軟弱的白蟻，這一個信念，操之則存，舍之則亡，嗚鼓而攻之可也。另一方面，當國際正運用具有大毀滅能力的核子武器作爲和平的權杖之際，人類需要的是整體的關懷，在這個時代映現的是人類命運的極限情境，需要一個新的世界宗教，藉關愛與互助將全人類結合起來。

善於游心於心靈宇宙的人，或許對現實世界老懷抱着異鄉的情懷，對於人類文明的理想的幻影，總有深深的懷鄉症，對於耶穌這種「狐狸有穴、飛鳥有巢，人子却無可棲之地」被熱誠的渴望所照耀的荒涼感，總肅然起敬，但我尤其不能忘懷儒家「天下爲公，是謂大同」的人類終極理想，而究竟那一天，人類才會團結呢！

在這陋屋居住的時候，老感覺自己生活於幻境之中，離眞實的世界遠了，但一些思緒却古怪的多了起來，有時甚至恍惚間情不能已，而平時人鬧車喧，只怕再激昂的詩情都會慢慢倦怠了，又那能像此時仔細的欣賞觀察呢！卽使空盪和簡陋，却有頗豐富的生意，靜觀的時候，更有不少自得的密意契會於心，此等優游，當眞是永遠難忘的一個夢境。

理想與夢幻

沒有微塵，羣星在天，這是無人的子夜。我背負着雙手，凝視着悠悠流動的蒼穹，正在仰望靈魂的星宿。

衆星閃爍，盈盈欲語，自九重天外彷彿傳遞着神秘的感應，這是否正是天人相通的感覺。呵！深夜微涼，冷然善也。獨對天地時，這樣的負手仰望，竟然也會昇起超然的幻覺。而久立之後，雖然仰得脖子發痠，你却會弄不清楚到底是在仰觀還是俯眺。不論仰觀還是俯眺，或許這樣的姿態正是生命的起點。人的學問正從這裏開始。蘇格拉底就常木立沉思，出神的忘其所以，更宜稱他可以傾聽到「神諭」。康德由天象返觀自性，直言在上者羣星的天宇，內心者道德的律則，都使他心存敬畏。孔子在川上靜觀，始以逝者如斯而喻道體之生生不息。陸象山大約最常在這樣的夜色裏沉思，否則在南斗北辰間，豈易如此的舉頭天外。惟寧靜始能涵攝萬事萬物，惟孤獨始能返觀此心明鏡。這時的感覺分外銳敏，也充滿了原始的靈思，平時所不能察覺的微妙思維，像細沙滴漏入菩提本體。如果揣摩一下的話，此情此景，或許還可以證驗易經為何提出天、地、人三才，當天、地存而不論，人在宇宙中的位分也就很明顯了。

滿天都是閃灼的星子，艷艷熒熒的流漾着亘古的光輝，淒迷若謎、幻美如詩，在這樣浩瀚的星海彷彿蘊藏着宇宙的奧秘。當人類的歷史歷經烽火的燒掠焚屠，只有漫天的羣星不減清輝，仍舊照亮着黑暗的世紀。你瞧！仰首望天，萬星閃耀，正對你擺下一張最深奧的棋譜，從盤古就開始迷惑。朵朵琉璃般的銀花散落在天井裏，每一葉都是古老的夢幻，只有雲母的晶瑩才能彫鏤。

以天象來卜人事，其中自有情感的邏輯，也是人類永遠的迷信。即使人類已登陸月球，粼粼的銀漢仍是人類寄情之所。人類總相信，人不是孤獨的，在夐遠的天外，也有聲氣遙相感應，而有限的脖子也該伸向無限。無極的宇宙，充滿了人類情感的投射，人子仰臉向天祈禱的聲音廻盪在泛不起河波的天漢。古代祭司曾在那裏訴夢，流浪的吉普賽愛在曠野中占星。轉眼窺衡，以察天象，今夜我們是否能卜得生命這古老的夢，究竟是可怕的虛無，還是偉大的幻覺。我們來試拈伊底帕斯王一劇中司芬克斯（SPHINX）的謎語吧！

在這謎語的背影裏，有幾重象徵意義，謎題的答案是人的一生，由小孩而成人而老人，可見「人」之謎是最終且最重要的問題。此謎未解，人將被半人半獸吃掉，則「人」消失。此謎賴有才智者（伊底帕斯王）可終獲解答。解答此謎者，當為人王。至於伊底帕斯王的悲劇，純出於命運無情的戲弄，這是不在討論範圍的。人究竟是不是那麼偉大的萬物之靈，使得需要用二分法來將人與動物劃分。從林納到赫克爾，甚至提出了「人類學乃動物學的一支」的主張，孔德也認爲心理學應納於生物學之中，人的靈魂和精神彷彿成了瘋狂的笑話。但人，無論如何，是人（費古生），人的精神爲宇宙製造了秩序，動物束縛於本能，人類則活在創造中。在飄忽混莽中，人的出現，該是世界的一道曙光，禽獸的世界消隱了，人性成爲萬物的權衡。人的情感和想像使生命現象顯得生趣盎然。但人子啊！你憂鬱的臉龐應仰向何處呢!?伊底帕斯王的解答仍未曾解釋得了生命的究竟義，人性世界依然混亂，我們期待眞正的人王。人去禽獸本來無幾，遠古期仍爲人類留下一隻「本能」的尾巴。當自高空摔落時，四無可抓，攀援無處，最先開始作祟的，是發瘓的尾椎骨，於是你便知道，無論如何進化，在我們的軀體內，始終跳躍着一隻猿猴。生活裏到處滿佈着陷阱，呼吸中都充滿了魔鬼的誘惑。生命的旅程中，你可以提着精神的星星走路，但星光同時也照到了雙脚的泥濘，稍一不愼，就將墮入獸類的泥沼。縱任原始慾望馳騁，則人無異於禽獸，可是人却也無法離開基本需要，因此如何在理性與慾望間求得均衡，當是用整個生命去致力的事情。世間或許儘多飲食男女引起的罪惡，無非是慾望蒙蔽了人的靈魂。現代心理學不是解釋人性的神話，爲行爲的錯謬，找尋心理的出路，它恰實證出人性的飄搖，正像狂風中的野藿，至於如何在生活的泥土裏紮根，是信仰的問題、倫理學的責任。無論如何，人就應活得像人，但我們該如何解得這奧秘呢？

一聲遙遠的獅吼從天上傳來，夢幻的處女正澀羞的低垂着臉龐，天蠍搖舞着雙箝，仙后彷彿正在低泣。瞬目再望，傾耳更聽，浮現的已是織女低垂紡紗的意象，幽怨的機紓聲迴滿了天際。這星圖孕育了多少離奇雋永的神話。長夜漫漫，世人已沈入了無邊的酣睡，正是摘星最好的時刻，因爲此時神話離得最近。從神話中，我們是否可以看出人在生命歷程裏該怎麽扮演他的角色呢？

希臘神話展現的不過是人類世界，中國神話也莫不奠基在人性的基礎上，神話不離乎人話。幻渺的神話，對原始初民並非遙不可及，正是情感的寄托和想像的搖籃。藉着神話，他們調和了夢與現實之間的不平衡。它在意識與潛意識間創造出來，所包含的象徵，正是初民追索生命經驗所概括的結果。當生命經驗的層面不斷加深，神話也不斷地增添意義和內容，成爲活的創造。它並且說明了：原始的直覺可能蘊含着生命的實在，只要把它的意義抽繹出來，亦可以爲茫昧的生命現象在紛雜繁複中理出一些方向。盤古死了，頭爲四岳，目爲山丘，脂膏爲江海，毛髮爲草木。人的世界彷彿總是這樣開始，神話中的巨人開天闢地，常常以血肉作爲大地的獻祭，由生命的結束，才有世界的新生，他肉體的捨棄，在延續生命的意義上作了最悲壯的祝福，而他的生命於是呈現爲一種永恒性的精神存在。這樣的神話，是否可以爲生命啓示一個神聖而莊嚴的目的？但誰會確切不移地肯認這個目的的實在性，除非他能在生命的追索裏得到多少的印證。於是夸文逐日，象表着哲人的渴望，永不停息地追尋眞理，以臻至善。於是精衞塡海，象表着文人的情思，必藉具象徵意義的動作來彌平生命的缺憾，以臻至美。或許生命的目的，必含在生命經驗的動作裏，而它必是永遠的試探和追尋，人的精神伸向了遙遠的惶惑，到底人子應當是如何的形象，爲何蒼天賦與這麼奧妙的智慧，使得他在天之涯地之角，能够驕傲的面對百獸宣稱：我寧爲痛苦的「我」，也不作快樂的「你」。迷惑的追尋或許帶來痛苦，却仍是生命最高貴的加冕。生命的眞實，是一個熱切的願望，或許追尋的結果，只得到一個飄浮的夢影，但只要擁有這個燃燒的歷程，畢竟不是一場虛空。生命的目的，是從動作中領悟，在經驗的過程裏起生覺慧，只要眼睛裏永遠閃現着希望的光芒，畢竟不是一個幻滅。由生命的奮鬪，人終於擁有了優美的生命情調。而奮鬪不僅伸向生命的縱深度，同時也向廣度輻射，他的形象要從廣大的地平線上升起，要去照察並承擔衆生的命運和苦難。於是有普洛米修士爲人類盜火，帶來了光明和創造的希望。於是鯀竊息壤，堙塞懷山襄陵的洪水，使人類得免於無情的天災。承擔也意味着犧牲，同樣的一把火，雖照亮了別人却燃燒了自己。普洛米修士被綑綁在高加索山巔的巖壁上，承受着風雨的打擊，更有一隻血紅的鷹，在狂怒中將他的身體撕成碎片，整天嚙咬着他的心肝；鯀也被殛於羽郊。是一種神聖的狂熱，爲完成生命的理想却以生命的痛苦或結束來作獻祭，那是否正是一個眞實人子的搖籃，胚育着崇高精神的渴望。從個人生命的追尋，到背負人類的命運，多麼偉大的超越，永遠也是我們仰止的目標。但神話已是太遙遠的一個遺失的夢，人類躺在夢幻的床上，已不習慣向神話索取超越的理想，他們要的只是童話式地安慰浮薄的心靈。

忽然一顆慧星，曳引着青色的光尾，斜劃出一個弧形，倏地在青墨色的天宇隱沒，這是我生命中的第一顆流星。我垂首閉目、合掌許願，但盼我能解得司芬克斯的人之謎吧！碧海青天，希望我的祈禱能成爲我生命的星光。呵！維北有斗，不可以挹酒漿，我該怎樣傾飲不可言喻的欣愉，爲這彷彿的初戀情懷，我卽是這流星嗎，我的名字也將寫入西傾的星圖嗎！當神思寄情江海之上，與春秋漫作雲遊，好像正在聆聽永恒的神秘呼喚，而我興發起一種奇異的情覺。若曾有顆偉大的流星，落在伯利恒南方，這顆流星啊！你將以如何的姿勢作美麗的隕落在此時此地。當羣星垂照着我，夜空裏幻浮起一張瘦削的臉龐，戴着一圈象徵着聖潔的光環，在熱情的想望裏，空中垂下一雙風煙的大手，指尖似傳盪着一種狂醉的暖流。走進神話的，只是人的象徵，缺乏眞實感，從天縱之聖的三位宗教式人物，我們可以看出人子永恒的典型。

佛陀看到了老、病、死、苦的景象，終於大割捨走向了追求覺悟之路，在菩提樹下悟道，然後到處旅遊說法，轉動着大法輪。孔子栖栖皇皇地周遊列國，無非是追尋夢的歸宿，大同世界是他魂牽夢縈的理想，他必以聖道爲己任，將文化眞理的聲音傳揚於世。耶穌到處施洗傳教，滿懷慈愛地宣揚天國的福音，也是教人應有信、望、愛的恩慈。聖人無非是以肉身爲燃燒理想的祭壇，當肉體痛苦時，理想的火炬就更灼灼地燃燒。人生固然充滿老、病、死的無常苦痛，雖然肉體的痛苦不能當作抽象的概念，但我相信，卽使佛陀的一隻眼睛被血淋淋的挖出，他也將用剩餘的那隻眼睛繼續去佛光普照，幫助他人走向解脫之路。卽使孔子到七十歲高齡，患了關節炎、神經痛，縈繞於心的，仍然是大道的理想。而耶穌臨刑時的痛苦又豈是假象，但超然的理想使他浮現了慈愛的聖光，他還要犧牲寶血爲世人洗罪。他們所要求的，只是精神之光。至於肉體，永遠是塵歸塵、土歸土，百年春秋化作無痕春夢。太關心肉體，離眞、善、美的精神世界也就遠了，將使人停留在形而下的層次，浮沉於慾望的乾坤。形上的無知，永遠是人類墮落的起點。聖人立道，爲生命展示了探索的道路，其風格和標向，正是生命目的論的圖象，單憑信仰，而不能反證以生命經驗的探索，偉大的圖象也永遠只是仰止的典型，雙脚還是泊在塵俗的泥濘裏。聖人並不祈癡騃的世人能充份體悟聖道的涵義，智慧的終其極限也只是可理解的道相，聖道總留下一層智慧難及的神秘地帶啓人玄思。或許依道而行，可以無大謬矣。是故剛猛的摩西威凜凜地頒下森嚴的十誡，耶穌要追求眞理的人必聽從他的話，佛陀留下了他的生平和教訓，孔子也提示了種種行仁的方法。雖然聖人爲道標示了法則，却並不是教人向外去追索，道與生命究竟不是兩碼子的事；佛陀指示道路，人要自己去走，耶穌的天國仍在人的心裏，仁也不離乎人心自性。聖道是超越而內在的，一定要返諸生命本體，否則信仰不過是茫然的依奉，不能爲生命增添內容。信仰總是殊途同歸的，或許傳教的方式有的增添了神話的色彩，偉大神聖的心靈却總是相通的，任何宗教都要返乎良知本性，你既不能茫無所感的去奉行耶穌的眞理，也不能毫無悲憫的修阿羅漢。天國植於人的信心，若生命的目的是升達天國去頌恩及享樂，那麽生命就停止了追尋，又有什麽意義；彼岸不過是個解脫三界苦海得大菩提的象徵，佛陀仍是要歸於寂滅；至於孔子，他不是說過

「未知生，焉知死」嗎。我們何必以偏狹的私心和妄念，爲飄忽的生命求得永生的果報，「困苦、抗拒、殉道、死亡，那纔是在人類心靈可以發生影響的誘惑」（卡萊爾）。沿着生命的軌跡，劃下了人類最尊貴的顏面，搖籃和墳墓，希望和失望，理想和幻滅，以及熱情和冷却哃，這就是人的一生！飄搖的擺盪、痛苦的走索，上是天堂，彷彿仰之難及，下臨深淵，偶然失足即墮，生命原是火的過程，讓我們來痛苦的沿著火梯攀登！聖人也不能解得司芬克斯的謎語，爲「人」下個確切不移的定義。在可理解的道相部份，我們景行行止，在不可捉摸的神秘地帶，只有希望和信仰能攀渡。至少我們已可以看到這些「閃爍的人」，散發着人王的光輝，我們還可以緣依他們指點的眞理和道路，不致在生命的曠野裏徬徨。生命實無確切目的可尋，惟於過程中展現，或許走到生命的盡頭，發覺終點正是起點的歷程，但只有燃着火把找過「人之謎」的，才能以追尋的歷程，實證精神及生命的存在。

但人的眼光委實太短淺了。他看到無論如何的追尋，死後的有知無知常不能明，惟髑髏埋沒在荒煙蔓草中惟留孤塚凄對着曉風殘月。無論生時如何覓道行道，逃脫不了宿命的結局，永久的追尋，結果可能是一場虛空，任誰也無法確知人類眞實且唯一的終點在那裏。而當他顫巍巍地伸出雙手，向天地索取無限，刹那間彷彿天感地應，猛然回首時，却發現他永無法打破時空的籓籬，時間和空間仍是人類永恒的敵人，他仍落在有限中，感覺上這是一場打不破的僵局。在時空的荒野中躊躇四顧，茫然的追尋，永遠是碧海靑天夜夜心的人文悲劇，終究令人氣餒。眞理的歌聲，又常淹在無知的譁笑裏，鄉夫愚婦沿着街路，駢手嘲指着背着十字架的人，迢遙的前路、沉重的擔負使他感覺疲累，想要得到安慰和休息，孤獨的性格又常帶來悲劇的命運。得不到羣衆的關愛和認同，常令人懷疑生命之追尋的意義，於是追尋的意志消退了。上焉者如此，下焉者更是渾噩魯鈍，愚蠢的迷信於自己的知識和技術，汲汲從事於生之大慾的解決和滿足，他們的好奇已不指向生命的本身，而指向滿足慾望、塡飽空虛的形式創造，他們已不關心靈魂的淨化，因爲靈魂太抽象而不具體，故寧願喋喋不休地討論狄斯可舞廳的花費、馬殺鷄的去處，或是石油的漲價、外星人的發現。走在時代的荒原裏，一個賢人的眼睫落滿了塵灰，歌星隨意的一個誘人的姿勢，却可引起整條街譁然的騷動。現代人已遺忘了靈魂。於是男盜女娼者有焉，殺人越貨者有焉，爭利奪權者有焉，到處都是戰火和流亡，空氣中充滿了血腥和恐怖。這是失去宗敎的時代，沒有信仰導致衰敗和瘋狂，是因爲失去了準則，盲目的追隨本能錯亂的衝動，這就是末世景象，烏托邦已成人類失去的地平線。不辨仙源何處尋。

星圖上，但見蒼廻穹轉、羣星走位，太極已無極，渾茫中萬星若失其位。直到回眼更看，滿空繁星、河漢欲流，無極而太極，昭爽中衆星仍在其位。

生命原是價値的堅持，釣翁的竿頭上縱沒有上鈎的游魚，但竿頭上却是一片寒江的雪色。他仍獨釣着理想的晶瑩，結果本是遑計的。時間空間並不存在，那原是人類直覺的形式，只呈現概念性的「有」，通透因果的人不受兩者的範疇。至於有限的肉體會寂滅，因爲它本是一副臭皮囊，只有精神的不朽，才見人的光輝。在追尋的過程，惟存此心照見天理足矣，孤獨或保靈臺的瑩潔無塵，衆人的譏笑益見理想的高遠，正可成爲擇善固執的堅持力量。至於末世景象呵！原是生存的時間和空間裏呈現的普遍現象，世道未嘗日下人心也未嘗不古，人類的歷史背影也寫滿了貪婪和血腥。傳道其難乎！否則耶穌基督不必殉道，孔子也不會有乘桴浮海之志，佛陀更不會悲哀的預見正法的滅盡，但他們大慈悲的希望投射，爲人類的春秋留下了莊嚴的永恒迴音，或許每一代的開始，都走進了永劫的噩夢，不是戰爭的毀滅和殘酷，就是私慾無休止的貪饜，但他們終究留下了偉大的幻覺。隔着久遠的年代，他們的聲音不會死滅，千年後的耳膜裏而響着親切的召喚，教我們要熱烈的追尋生命眞理。只要懷抱着使徒精神，即使蒼涼，仍然悲壯。

呵！悠悠千古，逸興若飛，帶着陶醉的微醺，流眄向虛無縹渺間，而情溢六合。朦朧的眼睛裏，閃灼的星子像漫飛的流螢，玲瓏地在夜空啓示神奇古老的奧秘。遠遠遠遠，天河傳來龍鳳弄潮的流聲，龍首强矯、長鬚干天，古鬱的青突肉稜隨着曲騰起伏的身勢，拉響着河弦，雕劃着最蒼勁的象形文字；玄鳥和飛，時而凌波摩潮，時而穿浴着河簾，泛金的翠羽鑲映着紫水晶的河光；而河灘上，龐碩的大龜提動着蠢拙的步子正欲下水，靈獸麒麟披掛着古青曜銅的鱗甲，火紅的眼睛凝視着這幅美妙的戲水圖。高貴的夢想，終究不能在心靈上消失；偉大的幻覺，終究不能自精神中剔除。當我們摩想孔子與門徒逑學論道，流露出爲天地立心，爲生民立命的大悲憫的曠古胸懷，應是聖賢何等神聖莊嚴的氣象。我們的仰止、行止都是生命裏永遠的追尋，也永無定點，或許在人子燃燒着渴望的眼眸上，沾滿「囘首千年誰似我，一珠丹心卷裏藏」的寂寞風塵，悲劇裏却深含着永恒的喜感。呵呵！且來，讓我們並肩觀星，神遊化外，張開雙臂擁抱不朽的夢，搏扶搖、凌蒼風，從地平線上升起，照着瑩瑩翠翠的神話之墟。曉星已沉、麒麟未死，讓我們攜手走進生命創造的大流，在虛空的虛空，任廻環的天風，玄冷的撲塑着眞實高貴的顏面，任大千返射的流光，晶瑩的釀就靈魂剔透的神采。其後，人類將有一個輝煌而壯觀的明日！

將軍的夢境

當兵前三個月，我竟日把心神投注在書本裏玄美的情思和調暢的理性，攀爬着詩思的峭壁與危崖，如此的專注和心無旁騖，使我登上了大學生涯未曾抵達的精神高峯。欲窮千里目，我猶向更高的峯頂望去。

盧梭在他的懺悔錄曾記下：「我的氣質是極端熱情的，我的情欲是生動猛烈的，可是，我的觀念的產生却是緩慢的，伴隨着巨大的困惑，而且要經過許多的回想才能產生。……我熱情，却愚蠢………。」我的性情雖似盧梭，精神的趨向還是嚮往充實之美的仁者氣象。熱情的氣質、猛烈的情欲，常是智慧的先聲；而感覺當是智慧之母。盧梭那種熱情的愚蠢，許爲懺悔而生。氣質正在發散時，理性的聲音畢竟是渺小的；但熱情之後理念的凝斂，却常造成心路歷程巨大的回響。所以盧梭的聲音曾經響過一個世紀。因此，爲着年輕的激情，我尚富於流變的經驗，這些經驗都將是黎明前的幾道曙光。這三個月的穩定，情感的矛盾蛻變爲成長的年輪，磨折的痛苦火化爲成熟的標記。當熱情集中而凝聚時，創造的活力指向生命的核心部份，文學之美生焉。

我飄然帶着沈穩的自信，迎向戰鬪的行列。

在新兵中心陌生的環境裏，精神被隔絕，靈臺蔓衍着苦綠，出操、作工，精神和體能都走到了極地，但我相信，這份痛苦在堅實的含孕之下，會蛻化成新生的力量。曾經幾夜在寒病的煎熬之下輾轉反側，迷離的冷風自窗間透浸進來，劇烈的咳嗽又哽又嗆，幾乎掏去了我的魂魄。病無人問，孤獨地面對着最深處的隔絕感，忍受精神與肉體撕裂的不和諧，當哽嗆引起的酸淚不斷從臉頰淌下，浸濕了枕頭之際，我睜眼靜待天明。我要忍受病體所受的創痛，去作精神最激烈的戰鬪。我繼續參加晨跑，一步一顛痛，整個腦殼隨落脚的壓力而抽疼，凝眉咬牙，這是新生的洗禮，要持續到終點！我更常徘徊在夢與理想之外，在存在的層次作抽象的思考，却發現將生命組織成一套完整的理念系統何其難哉，還不如對生命先持有一套完整的信念，這是當時在那樣的環境所能想的。因此鼓舞着生命基層的衝勁，讓意志爆亮着美善的訊息，是當時的決定。

分發後勤機關不多久，由於職務的調派，尚要兼任外面營站的賬務工作，得以免留守，獨宿在外面的庫房。那一座環着圍牆的老屋，滿院叢生着雜草，充滿了野生的趣味。但初宿不久時，簡直無法習慣屋內的異聲，常常一陣强風過後，室門就嘎嘎然推開，午夜更是驚魂，時傳沙沙的鞋聲，或纖指叩着窗門的聲音。久了之後，才知道大自然實是惡作劇：老鼠拖咬着紙張，金龜子飛撞着窗玻璃，就是暗地裏嚇我的「那一個」。於是我就對周遭微小的生態活動感到趣味盎然，而格外的注意觀察，想自生活中的暫時現象裏，捕捉生命與美的永恒形象。草梢尖的露珠，逐舞的黃蝶，以及那座牽牛花叢掩着的、水泥砌成的鴿樓，甚而窗邊那棵蒼老的斷松，都曾引發豐饒而富有生意的聯想。

生活裏更滿溢着趣味性：那株斷樹下「一條溝」式的厠所，圍砌的磚牆僅及腰的高度，因附近無燈，記得深夜如厠尚要一邊拍打屁股趕蚊子的窘狀，有一次中途竟然傾盆大雨，只好匆匆揩了屁股，拖着褲子落荒而逃，仍然淋得滿身狼狽。一天醒來穿上長褲，總覺右腿上微微浮動，後來忍不住脫下察看，赫然一隻壁虎趴在腿上。更曾抓來一種穴居的蜥蜴，在嘴上硬塞一支燃着的煙，因無法吐出，便眞像老槍的樣子直到「抽」完，鬆開後就一路顚顚跌跌地，如醉酒的李鐵拐。這種鄉居生活的野趣，充滿新奇的經驗。流失的經驗就像浪費的情感，不瞬間抓住就永不再來。何況當時多讀多感，觸目的機緣，多成長野生的智慧，這種萌發也涵育着創造的活力。內蘊的驚奇感，引領我走向創造的大門，對和諧的宇宙顯現的奇異經驗及現象，總飄然而欣喜。這種時代永不再回來，但在一支活潑的筆下，將永遠活着。年紀雖輕，見法常庸拙，雖缺乏成熟的智慧，但奇趣盎然的生活情調，伴隨着觸機而生的聯想，對生命的目的作象徵的把握，畢竟值得紀述。

像夢幻般的神奇日子，總是年輕的激情傾聽着永恒的濤聲，向無限伸手索取偉大的幻覺。當美好的理想消失，當遠方的期待不再，當永恒的誓願銷解，偉大的幻覺將變成飄渺的虛幻，信心將讓位給懷疑。時間是愛情的試金石，這個魔鬼正開始試探和考驗這份理想。當愛情出現了離心力，生活的均衡感消失，像在狂風中飄轉的蓬草。爲成全這份理想，我開始在濁流中掙扎。

每天在辦公室裏，像個無主的游魂，更由於一個參謀怪怪的邏輯：「我們都是爲國家做事的，換句話說，你就是爲我作事的。」業務的壓力開始與日俱增，幸好其他長官及同事的關懷能稍慰孤寂。每到黃昏，囘到陋室，撕去日曆，在書桌邊像木乃伊地楞坐；期盼着愛情之福音，能降臨我，使我重新沐浴歡悅，却只有壁虎古怪的鳴叫，囘盪着空屋。午夜時，懷抱着荒謬的幻想，倦然地臥倒，任一些荒謬的夢饜像精靈般飄浮的來去，閃幌着囘塵舊事，當次晨醒來，仍懾伏在夜魔的脚邊，滿眼是倦意的黎明，等在前頭的，又將是一個漫長的掙扎。每星期六中午，快車風塵僕僕地趕囘臺北，去迎接正向西沈的愛神，祂却滿身冰冷地走向我，眼睛的深處已是灰燼。直到星期天晚上，夜車返囘南部，黎明時，帶着惺忪與困頓走囘小屋。一個寂寞的陀螺又開始旋轉了。

漂鳥般的流蕩歲月，要到何時才終了呢！整整一年，滿面披着塵霜，自繫情的家庭到將軍的征塵，疲憊而無奈。幸好是兩定點間的游移，否則無根的流浪，我缺乏勇氣。撫看一年來的心路歷程，囘想間感慨而困惑，若經過心靈的悲秋與殘多，不能帶來生命的春天，這樣的漂泊有什麽意義？我是否該任這魂夢，繼續尊嚴地受苦呢！有時悄立在蕭蕭的風中，心情煞像漫飛的黃葉，棲止的歲月彷彿遙遙無期，一些希望在荒黑的等待裏寥落，只有眼瞳微泛出一些星光，在荒黑漫長的隧道，慌亂地等待不知道是什麽的物事，或者是人聲，或者是遠方的訊息，卻只有鏡中焦亂的臉影，無聊地數着回憶。

讓焦慮和惶恐飛成天雨吧！落在熙熙攘攘的人羣身上。讓冷寂的眼神飛成天星吧！那裏的氣壓與溫度於我皆適合。悲乞着美善化爲晶瑩的心靈，卻非在爭鋒與濫情裏討活計的種類。流盡痛苦的眼淚，渴望純潔化爲我孤傲的影象，吶喊的聲調雖淒狂，其音卻哀沈。該落幕的時候就要落幕，難道要用手掀起帷幔嗎！够了，思想和情感的飄蕩已太久了，我想摘下遊星，投入平靜而美的池沼。當我仰首的時候，發覺冷冷然已出塵間，衆人的面首依稀已淡化，孤獨和寒冷成爲我精神的座標，在煙塵以外，那些喧嘩的笑聲、俚俗的言語再無法淹入霜冷的耳朵。精神的擴散作用，在現實壓力前，竟集聚而凝固，延伸成一座孤峯，峯頭擧向雲外。我非「或人」！抑竟是「非人」!?欣然地環抱着寂寞，站在天地之間。

愛情終於結束了。誰能安慰這顆詩魂呢！拈着燈光，讓詩思噴薄像飛潮流瀑，讓幻想安坐在鳥語花香裏，臉上自會流漾着微笑。只要旋着一支筆，掄轉着情感的天上人間，就像隻夜飛的孤鷹，縱然寂寞，也感覺溫暖。偏飛在衆人酣睡的時辰，縱翼在孤寒的高處，多美的一種逍遙啊！你曾將惇惇的哀音吐落得如此淒美，又何能驚醒人間的塵夢，何不示人以飛翔。而飛翔，原是孤獨的遊戲，又何必希求愛情的掌聲呢！在鄉間的陋屋裏，默默守着心頭那盞靈燈，若覺孤苦，何妨呼嘯地走過長夜。我狂吟，我狷歌，詩魂猖傲地笑了，在碧落的孤石上，我呵落衆星。

一切痛苦，所以我們能够承受，是因爲在時間的背後藏有一個甜美的希望，即使它像死亡般遙遠，最重要的，它也會成爲過去，直到那麽一天，你已盡完自己該盡的責任，躺在血泊裏，都將像個莊嚴的天神。因爲在痛苦中，你能堅持的走完全程，縱然失敗，你已不虛此生，光榮換不回你那不朽的回憶。

我退伍了，拿了一張服務績優的獎狀，却並非是一個凱旋榮歸的將軍。隨着一個階段的結束，却照亮了另一個風雨的前程。或許這亦是靈魂的歸程。自岡山回來，目視蒼茫的塵路，該到那裏去，自己也越發的清楚了。數峯清苦，飛鷹往遊。

歷程

對我來說，生命的心路歷程卽是天路歷程。

九年了，念玆在玆。一份夢的追尋恰似夜半的飄雨，心頭總有一份淡淡的惆悵。爲何夜路如其難行，崎嶇且泥濘，而跋涉途中的時候，更覺夢遙難成。爲何在寒夜的時候，他却在酣睡的塵夢中亮起燈來，照看自己的寂寞。當他在現實的泥濘中顚仆下去，滿臉是紅腫和鮮血，才發覺詩人的尊嚴常等於羣衆的訕笑。爲何他曾痛苦而蜷曲，却不悲哭，只恒帶着一抹無奈的微笑。他跌撞的起身，甚且不撫看痛痕，繼續他的夜路。黑夜彷彿無垠，詩心却照前路，他的眼光更堅定了，痛苦已化成前趨的力量。不去奢望黎明的輝煌，當夜走到盡頭時，只要能看到幾道曙光就夠了；如果人間這淒涼的長夜永不過去，就讓漫天風雨的吟聲化爲生命的火焰吧！至少它證明了：這個人曾悲壯的活過。笑憶往事，歷程裏的辛酸已化成回想的趣味。初習寫作，是在升學壓力最重的私校課堂上，一位詩人老師王憲陽先生爲我翻開新詩的第一頁，那時僅擁有的一册詩集就是他寫的「千燈」。在猶是粗糙的詩魂裏，那些釀造的心靈語言是如此生澀難解，但對「未知世界」的探索興趣，使我點起了歷險的燭火。彷彿在懵懂無知的情況下，戲劇化的對着文學的大門高喊了一聲：「芝麻！開門！」却眞的石門洞開，而我神話般地誤闖創作的山門。初習新詩之作，想來也頗令人發噱，恐怕詰屈不順較童文還甚，像「我以衣襟隨妳」之類的怪句隨處皆是，不過那時却開始泛讀時人的詩和散文，像余光中先生的幾册集子，即是那時深深鍾愛的。單純而涉世未深，對文學所涉及的眞情實感，常懷憧憬。記得爲了喜愛王尙義先生書裏的一句話，「野鴿子在黃昏的時候，也要傍依溪水，他却漂流在曠野裏」，馬上就被那種莫名感傷的氛圍籠罩住，在傾盆大雨下，沿着操場跑道作悲傷的漫步，幸好在這種純樸情感激盪下走出的，是一個小詩人，而不是感冒的病人。當然最難忘的，還是王師的鼓勵，尤其在一篇傷感拿破崙的作文中的評語——「此文雄壯有力，能爲英雄長嘆，頗見功力，希望你的文才能延長到大學裏去……讀趙備民同學的作品是悅心的事。」這種來自關懷的鼓勵，或許是遭受創作過程的寂苦時，奮力撑持的一份助力。

就這樣，我登上了大學的山峯，並且讀了文藝組。當呼嘯的山風野雨淹過眉際，自然界的脈動撞擊着易感的心靈，我終於呼吸到文學的空氣。在某老師的讚許下，彷彿是寫散文的一朶「奇葩」，但當大一下讀到民國來的幾本儒學著作，才知自己爲文開闔有餘、凝歛不足，頓時從英雄崇拜的少年幻夢中驚醒，轉而爲對高尚人格的嚮往，並時時注意到生命理想人格的撐架。祝豐老師的詩選課，讓我立意返諸古中國人文的悲劇時空，來探照詩的生命精神。我的詩和散文，藉着古典的抒情傳統與現代心靈消融，自生命底層作較深刻的呈現，那時才覺得能看到詩心千古的躍動。另一方面，趙滋蕃老師的小說理論及習作，擴寬文學掃瞄的視野，而他的識量與心量，照亮了我在創作旅途上的迷着，在那顆熒閃的慧心裏邊，實深藏着知識分子對家國的悲情，此後的頻頻問學，更感他非但經師，也是人師。

若以文藝是文學的藝術的論點觀之，它需要藝術哲學作爲支架，在主觀情感的發抒中也需要客觀的原理原則，以充實文學的知識；而廣泛的自是文學與藝術的論點盱衡，也需要對其他藝術有常識上的了解以求旁通。但文藝組的趨勢是逐漸用文字的知識來取代藝術尊崇的地位，並且宣稱這就是文學，而輕率地用文字的研究桎梏了文學創作的熱情。在這種激憤下，我與一羣同學想要改革現狀，但失敗了。如要違反教育局立案的文藝組課程，何不就讓他成爲中文系的B班呢！在現實裏，理想不會臻於美滿的境地，但理想那份晶瑩的美感永不幻滅。詩魂在現實經驗中磨洗的創傷久久不能平復，但我創作得較勤了。

我熱情過，失望過，在詩魂裏都將是瞬息的幾道閃光；更確切地說，我期望生命靈魂的大美，貫注在飛揚的筆鋒，流出優美的文學旋律。現實生命無奈的擺渡，何足以定止詩人永遠的歸程。四年級書店經營的失敗，使我更想回到創作國度的本位來，或許亦是另一種風貌的自我肯定，詩集「望海潮」終於自費出版了。在現實的壓力下，苦悶的心靈只有藉創作來排遣，如文學是紀錄人類心靈的歷史，我亦當在文學的情感中，攝入秩序的魂魄，將我內在體驗的善惡、美醜、悲喜，在生命不同的層次中浮漾出來，讓色彩、線條、節奏，浮凸出我個性偏傲的明暗，紀錄下生命這篇莊嚴而流動的史詩。

人入軍中，必須要面對人我隔絕的孤寂感，對一些事物，在特別能凝聚注意力的緊張環境裏，均作理性的再度思考，寫散文時，常注意如何能夾理而不冰冷、抒情却不浮薄。或許抒情而兼涵理趣，才能達到知、情、意的高度綜合。軍中曾兩度寒病，「神經質」的懷着面對死亡的怖慄，我第一次睜眼面對着生命的有限性，並感覺自己赤脚地站在生與死的臨界點上，我驚慌失措地尋求「永恒的通路」，彷彿立在尖聳的峯頂，脚下是無底的深淵，起先是惶恐而顫抖，最後却在思考中寧靜下來。如果「偶然」要絕滅一個人，誰能抗拒得了呢！在它面前，我們都像卑微的塵土。我開始微笑着讀書，並思考那段忘憂的歲月，靜靜地等待……。當兩天後，護士轉告我的病情後，才知道多麼可笑！我們淺薄的常識，輕率地判斷，將帶來多麼荒謬的錯誤。我的白血球數量怪異的多量，並非「血癌」，而是因上呼吸道感染引起。但當我爲懷疑所困擾的時候，曾重新估計了某些絕對的論調，像能致死的「偶然」就可能比善惡果報還來得大。而安靜的沉思，確也像精神的福音書，使我格外珍惜所能掌握的價值，像倫理之愛，當愛醒時，生命也醒了。當陽光每天更新地臨照着我，都能使我沐浴在新生的喜悅之中；而我清楚的知道，這生命的流動，原來自曾面對死亡的情境。凝聚所有的創造活力，指向生命的核心部份，至少該在有限的歲月裏邊，保存自己所獨創的價值。在醫院蒼白的二十一號病房裏，我這樣地默想着。

痊癒出院後，我開始嘗試長篇散文，引動深藏的情感伏流，而流響漸大有如急湍，要破地層而出。從大學裏對於文化的濡染，及到軍中感於老班長的矢志堅貞，終於滙集在筆端湧成滔滔的長流。那最神秘也最神聖的愛，自心靈的底層向四方幅射，在那些長文中就洋溢着民族愛的親和力。每天黃昏，自司令部下班後，在那棟塵封的老屋裏，獨亮孤燈，讓脈脈情懷去數着神州的況味，一些本已遺失在記憶中的人或事，都從時間的夾縫中竄出，熟悉地湧向腦海。只要有愛在，寂寞並不可怕，那就是鼓舞生命的可貴信念，使你永不孤獨；而這顆愛心，也像文心原動的馬達，使靈感的活泉永不枯竭。當流出的墨水像沙漏般傾斜着時間的顏面，我却在時間之外熱情地呼召神州古老的魂魄。對神州，不再懷有少年的悲情，我要狂飇地呼嘯，像使徒般地莊嚴宣喊着永遠的福音。凡是民族人，就該傾聽這種熱狂的旋律，在希望的熱量裏將產生反共的力量。除了處理業務的時間以外，我常這樣讀着，寫着，想着。

從未料及，情愛上的失敗，竟讓我遭受到前此未有的哀慟。在春風駘蕩的煦暖中，忽起漫天風雪，生命的色調由淸綠瞬間轉爲陰鬱。

長夜漫漫，被時間的每一秒鐘燃燒着疲困的心緒，徘徊在那間荒寂的小室，苦悶的鞋聲伴隨着過往甜蜜的回憶，酸和甜不和諧地竄湧在感覺裏。夜色都在焚燒着，這暴君尼羅焚城的夜啊！

黑色裏泛起奇詭的紅，思維裏血淋淋的感覺，觳觫着每一根抽緊的神經。情緒咬着情緒，神經咬着神經，在死亡祭師的巫咒下頭皮發麻而腦殼膨脹。在無數個長夜裏，我蹀躞在虛無的邊緣，自朦朧的淚圈中向虛空探索希望的光源，但一夜又一夜我落到絕望的深淵。我更思索着，愛，那亙古的主題，爲何總與死亡的意象聯結：所以少年維特以自殺結束煩惱，若果沒有移情的轉化，不通向希望的愛情自然通向絕望。但時斷時續的寫作，復甦了活的希望；幻滅的美裏，可能湧出創造的新生。那陰鬱的心壞又開始抽芽了，這「重生」的榮光，將爲苦悶的大地帶來綠意。我堅信，一種迸躍的創造活力將自死去的青春裏復燃，像五月的榴火。

退伍後，回顧幾年來的心路，感情顚動得厲害，總想固定到筆下來，否則這些年的所思所想，就將流入虛空。另一方面，我想對於一個準備以生命致力於創作的詩人，他總遙想着一種完成，如煙花般地燦放，因此他必須堅持着行吟，直到創造活力與生命俱滅。而不論環境如何，暫時的脚步也總落向理想的歸程，卽使悲苦，那還是有着深沉的喜悅的。

〔代跋〕

靈魂之歌

臺北城，夜色已緩慢地罩下，天邊彷彿有黑魘的微雲。攝氏十度的冷空氣下，一個瘦削的靈魂，隔着辦公大廈的玻璃，正凝視着窗外的虛空。嘈雜聲已在背後，一切聲音已像在遙遠的背後。

你這個瘦削的靈魂昇起吧！廻昇至寒冷的大地之上。你的聲音，從冥黑的地獄裏返來，將要發出天聲。

多少個漫漫長夜過去了，在夜的稜面上，傾聽青春的返響，耳膜自廻旋起一種奇異有緻的節奏。這是青春的你嗎？有着一個，瘦削的靈魂。

在你的筆下，一切都當復活，那個已經萎死的少年的靈魂，要從時間的墳墓裏爬出來。這由軀體誘激出來的最大的熱量，將要宣奏起新生的激昂韻律，要那個已經萎死的少年的靈魂，隨着激情的節奏，天使般的起舞、歌唱，他要回到飽受創傷的血液裏來，和青年的你翩翩共舞、混聲合唱。成熟是藝術的準繩，但你要和着少年的情懷歌唱。

你對着逝去的流景，隔着璀燦的夢願，回味與沈思，對着朦朧的美感世界，青春的情懷又甦醒了。你的青春曾像一顆迅卽的流星，趕一程淒迷的夜路，它却並不靜寂的消失，而爆落成粼粼亮麗的漫天星雨。那時的未來還像沉睡如石的世紀，而夢與美正祝福着短暫的青春，你正享受着時間的奶汁與蜜，那純潔的熱情已將片刻投影在永恆的智慧。雖然仍未全然鑿破原始情感的混沌與無知。

但在時間的蒼苔上，沿着經驗的石階，甚且在任何敗落的階面和縫隙，原生的力量將催動智慧成長且蔓延。因爲當經驗的層面不斷加寬加深，你走在經驗的陡坡上，這正是一切力量的轉捩點！希望裏搏聚着絕望！幸福裏搏聚着幻滅！你一面看見了永恆的至福與莊嚴，一面也看見了永遠的痛苦與毀滅！你確然從人性的擺盪中，看見了眞實、善良與美感，也看見了虛假、邪惡與醜陋！就在你內心壙野的深處，善與惡並棲，眞與假兵存，美與醜此消彼長，創世紀的交響樂章動地而來。對於從事追求藝術生命的人，就要從這個動人的樂章，去發現並塑造出一個偉大的靈魂！而你原以純潔的心靈憧憬着遠方，在純粹理想的投射裏，心路歷程幻化爲美的過程；但在現實經驗中，兩極化的價值却雜揉而混合。詩人啊！你原是兩面的原人，半爲魔鬼，半兼天使。追尋的過程，你定要經歷水與火的交戰，你要從這偉大的對比中，遙望聖潔的魂靈。你要不停的交戰，直到全然的大美展開，直到你，成爲天使。

在這文學的殿堂裏，凡曾把人生的痛苦化成晶瑩的美的，都將不朽，因爲他已了解到神聖的精義。人生多像是一個夢幻的聚會，而你之所以繼續做着永恆的夢，是這偉大的幻覺維護了靈魂的莊嚴，藝術生命的尊貴將從這裏開展。耐得住寂寞的，將得到讚美的掌聲，其實他將永不寂寞。

對於俗人，你彷彿是在墳墓中的歌唱者，他們以倦怠的鼾聲遙應你荒涼的氣息。這鬼魅的月色，這深鬱的林草，這永恆的靜寂，而你獨坐在夜的靈柩裏，悠遊地唱讀與寫作，你的那雙眼瞳像對燈火從墓地間游出來，飄飛在黑暗的世紀裏。俗人說你是死亡的哲學家。到底誰是死的呢！呼應着你的歌聲的，才是死人的鼾聲。在那死亡之塚裏，正有一個光年在旋轉，與所有嚮往聖潔的魂靈聲氣相感，多親愛的氣流正在棺間迴旋，激撞成生與愛的聯鎖反應。夢幻劇啊！你的時間將以千年爲單位，你的空間在宇宙的有情生命。一切都朝着你的筆下流動，音樂家的節奏，畫家的明暗，雕塑家的力與美，哲學家的智慧，宗教家的愛，一切生命的光輝都當滙聚，成爲你創造的泉源和生命的核心。到底誰是死的呢！明媚的春林，活流的泉水，沃壤的蟄動，甚至飛鳥的盤旋，都在你創造的舞臺上活躍，你已參與生命的奧秘。

到底誰是死的呢？

你誠然是死的藝術家，緊緊貼伏着死亡，諦聽着時間傾斜以後的沙漏，從任何事物灰敗背光的顏面，反綉出生命偏傲的榮光。要從死亡裏，開展生命之創造，開展詩的天國。你是墳墓裏的歌唱家，在愛的淚影裏，却映現着一隻忻愉的搖籃，響蕩着春天的童歌！

靈魂啊！飛起！背負着沉重的心酸，鑲以想像的翅膀，你的影子要像黑夜覆印在大地之上。你原是跟時間競賽的一個影子。

你的血和淚，要注入這想像的時間與空間裏，歸源入太極而無極，直到你，眞的只剩影子，透明而輕盈。

若不曾經過痛苦的浸潤，怎能了解快樂的眞義。而你的靈魂曾深錮於黑暗的往日，今朝才有自在的飛翔。有一些心緒的蕩動，總是旣神秘又熟悉的絃聲，勾動你囿藏深處的永遠的鄉思，髣髴是青青夢懷又向你招喚，而在你苦楚的黑衣下，常有一縷無奈的笑痕。因爲你所經歷的人事，有的記憶已經淡薄，有的已成永憶，有的已從大地永久的消失，還有一些未可預料的陌生訪客，將飄臨你生活的空間，但在你的成長中，總存有太多令人感謝的事物。流不盡的酸淚，向這些人羣再三致意，因爲你已向他們學習到人間世的永恆法則，那就是愛。而在你憶念中心的，那兩個關心你的羈旅異鄉的姊姊，還有一個魂夢已深埋黃泉的姊姊，以及此刻正在織衣的母親，尤其是愛。因此在你蒼然的眼神中，也看到了堅定和祥和。你，飛躍的詩神呵！

你原是太陽之子，你黑夜的路已到終點。你孤獨的飛翔將要融入那創造的火，轉化爲更年輕的詩魂在陽光下歌唱，比所有的嬰孩還要年輕。你將回到萬有的子宮，凝看生命啓蒙的奧秘，直到你成爲，愛的太陽。

滄海叢刊已刊行書目（三）

書名	作者	類別
藍天白雲集	梁容若	文學
寫作是藝術	張秀亞	文學
孟武自選文集	薩孟武	文學
歷史圈外	朱桂	文學
小說創作論	羅盤	文學
往日旋律	幼柏	文學
現實的探索	陳銘磻編	文學
金排附	鍾延豪	文學
放鷹	吳錦發	文學
黃巢殺人八百萬	宋澤萊	文學
燈下燈	蕭蕭	文學
陽關千唱	陳煌	文學
種籽	向陽	文學
泥土的香味	彭瑞金	文學
無緣廟	陳艷秋	文學
鄉事	林清玄	文學
余忠雄的春天	鍾鐵民	文學
卡薩爾斯之琴	葉石濤	文學
青囊夜燈	許振江	文學
我永遠年輕	唐文標	文學
思想起	陌上塵	文學
心酸記	李喬	文學
離訣	林蒼鬱	文學
孤獨園	林蒼鬱	文學
托塔少年	林文欽編	文學
北美情逅	卜貴美	文學
抗戰日記	謝冰瑩	文學
韓非子析論	謝雲飛	中國文學
陶淵明評論	李辰冬	中國文學
文學新論	李辰冬	中國文學
分析文學	陳啓佑	中國文學
離騷九歌九章淺釋	繆天華	中國文學
累廬聲氣集	姜超嶽	中國文學
苕華詞與人間詞話述評	王宗樂	中國文學
杜甫作品繫年	李辰冬	中國文學
元曲六大家	應裕康 王忠林	中國文學
林下生涯	姜超嶽	中國文學

滄海叢刊已刊行書目（二）

書名	作者	類別
國家論	薩孟武譯	社會
紅樓夢與中國舊家庭	薩孟武	社會
社會學與中國研究	蔡文輝	社會
財經文存	王作榮	經濟
財經時論	楊道淮	經濟
中國管理哲學	曾仕强	管理
中國歷代政治得失	錢穆	政治
先秦政治思想史	梁啓超原著 賈馥茗標點	政治
憲法論集	林紀東	法律
憲法論叢	鄭彥棻	法律
黃帝	錢穆	歷史
歷史與人物	吳相湘	歷史
歷史與文化論叢	錢穆	歷史
國史新論	錢穆	歷史
中國人的故事	夏雨人	歷史
精忠岳飛傳	李安	傳記
弘一大師傳	陳慧劍	傳記
中國歷史精神	錢穆	史學
中國文字學	潘重規	語言
中國聲韻學	潘重規 陳紹棠	語言
文學與音律	謝雲飛	語言
還鄉夢的幻滅	賴景瑚	文學
葫蘆・再見	鄭明娳	文學
大地之歌	大地詩社	文學
青春	葉蟬貞	文學
比較文學的墾拓在臺灣	古添洪 陳慧樺	文學
從比較神話到文學	古添洪 陳慧樺	文學
牧場的情思	張媛媛	文學
萍踪憶語	賴景瑚	文學
讀書與生活	琦君	文學
中西文學關係研究	王潤華	文學
文開隨筆	糜文開	文學
知識之劍	陳鼎環	文學
野草詞	韋瀚章	文學
現代散文欣賞	鄭明娳	文學

滄海叢刊已刊行書目(一)

書名	作者	類別
中國學術思想史論叢(一)(二)(三)(四)(五)(六)(七)(八)	錢穆	國學
兩漢經學今古文平議	錢穆	國學
先秦諸子論叢	唐端正	國學
湖上閒思錄	錢穆	哲學
中西兩百位哲學家	黎建球 鄔昆如	哲學
比較哲學與文化(一)	吳森	哲學
比較哲學與文化(二)	吳森	哲學
文化哲學講錄(一)	鄔昆如	哲學
哲學淺論	張康譯	哲學
哲學十大問題	鄔昆如	哲學
哲學智慧的尋求	何秀煌	哲學
老子的哲學	王邦雄	中國哲學
孔學漫談	余家菊	中國哲學
中庸誠的哲學	吳怡	中國哲學
哲學演講錄	吳怡	中國哲學
墨家的哲學方法	鍾友聯	中國哲學
韓非子哲學	王邦雄	中國哲學
墨家哲學	蔡仁厚	中國哲學
中國哲學的生命和方法	吳怡	中國哲學
希臘哲學趣談	鄔昆如	西洋哲學
中世哲學趣談	鄔昆如	西洋哲學
近代哲學趣談	鄔昆如	西洋哲學
現代哲學趣談	鄔昆如	西洋哲學
佛學研究	周中一	佛學
佛學論著	周中一	佛學
禪話	周中一	佛學
天人之際	李杏邨	佛學
公案禪語	吳怡	佛學
不疑不懼	王洪鈞	教育
文化與教育	錢穆	教育
教育叢談	上官業佑	教育
印度文化十八篇	糜文開	社會
清代科舉	劉兆璸	社會
世界局勢與中國文化	錢穆	社會